KB219482

불경 바로보기 요전③

明峰 正譯 · 雲藏 풀이

바른 한글 원각경

오늘의문학사

회향게

회향하노라, 이 무아인 경전을 해석함에 있어서
성현의 뜻 깊은 진리에 오직 수순했을 뿐이라.
차고 궁한 것이 떨어진 푸른 하늘에 봄 우뢰가 진동하니
마르고 칩거한 것들이 이로 좇아 깨이고 또한 윤택하리라.

廻向偈

廻向이라, 解釋斯經 無我印
冥心聖志 唯隨順이라
寒窮碧落에 春雷震
枯蟄이 從玆로 醒且潤이라.

〈明峰 說示〉

바른 한글 원각경

우리말 독송용

김대현 편저

머 리 말

"착한 남자야, 이 경은 백천만억 항하사 모든 부처님이 말씀한 바요, 삼세 여래가 수호하는 바며, 시방 보살의 귀의하는 바요, 12부경(部經)의 깨끗한 안목(眼目)이니, 이 경의 이름이 대방광원각대다라니(大方廣圓覺大陀羅尼)이며, 또는 수다라요의(修多羅了義)라 이름하며, 또는 비밀왕삼매(秘密王三昧)라 이름하며, 또는 여래장자성차별(如來藏自性差別)이라 이름하나니, 네 마땅히 들어 가질지니라"고 원각경 현선수보살장에 밝혀 논 그 이름자의 뜻과 같은 진리의 경이라. 누구고 이 경을 수지 독송하며 수행을 하면, 모두 깨달음을 얻을 수 있다는 천하의 복덕경이라 하는 것이니, 필자가 무슨 말로 더 사족(蛇足)을 붙이겠습니까?

다만 이 원각경을 명봉(明峰)스님이 바로 보고 바른 해석을 한 원각경과 반야심경 및 필자 역본 천수경 합본인 '바른 한글 삼부경전'의 활자 원고 사본을 모두 잘 살펴보시고 추천하는 뜻으로 독자들의 발심을 권한다는 권발문(勸發文)을 고승 대덕 스님과 불교학자 17인의 연명으로 '바른 한글 삼부경전'을 추천 권발을 하여준 그 '권발문'(權奇悰 초안)을 이 원각경 역본(譯本)에 다시 재록하여 보인다는 말씀을 드리고 싶은 것 뿐입니다.

곧 그 삼부경전이란 1989년 5월 30일 자 발행한 세 경전의 합본인 '바른 한글 삼부경전'(반야심경·천수경·원각경)입니다. 그 세 경전 합본을 이번에 경전 별로 나누어 더 보완을 하여 발행을 하게 되었는데 이 '원각경'이 세 번째 마지막으로 간행되는 것임으로 그 소중한 '권발문'을 다음 재록한다는 것을 다시 밝히며, 권발에 동참해준 여러분에게 감사의 말씀을 드려야 할 예절 등도 모두 줄이고, 삼가 머리말을 가름하는데 독자 여러분의 넓으신 이해가 있으시면 합니다.

나무석가모니불.

불기 2545·신사년
神仙山 雲峰下 德山精舍에서
編著者 雲藏 識之

권 발 문
― 전 바른 한글 삼부경전 추천 권발문

權 寄 悰

「한국 불교계에서 혜안(慧眼) 종장(宗匠)으로 존경을 받았던 대강백(大講伯)이신 명봉 조응준(趙應俊)선사께서 한 생애를 바쳐서 정역(正譯)한 한글본 「반야심경」과 「원각경」에다, 선사님의 문하생으로 시인(詩人)이며 불교 포교사인 운장 김대현씨가 「천수경」을 보태어 「불교수행 기본서(基本書)」라 하여 상재(上梓)하기에 이르렀습니다. 특히 운장 포교사는 오랜 기간을 두고 갈고 닦아서 바른 풀이에다 거의 완미(完美)에 가까운 이 「바른 한글 삼부경전」을 반포하게 된 것은 우리 한국 불교계의 수확이라고 믿어져, 나라 안팎의 온 불자들에게 불법 보서(寶書)임을 천거하고 크게 발심들을 권발(勸發)하고 싶은 마음이 간절합니다.」

위 권발문에 필자가 첨기하여 두어야 할 것은, 이 경전을 함께 추천 권발하여 주신 고승 대덕님과 불교 학자님은 곧 강석주(姜昔珠)·석덕암(釋德菴)·서경보(徐京保)·석면암(釋綿岩)·광덕(光德)·무진장(無盡藏)·한길로·전설정(田雪靖)·

6

이재복(李在福)·이종익(李鍾益)·임영창(林泳暢)·박완일(朴完一)·이평래(李平來)·박희선(朴喜宣)·김광태(金光泰)·사재동(史在東)님 등입니다.

　이것은 앞에 머리말에서도 언급한 '바른 한글 삼부경전(반야심경·천수경·원각경)'에 게재(揭載)했던 원고로 동국대학 권기종 박사님(현 동국대학 사회교육원 대학원장)의 간단한 권발문으로 되어 있으나, 실은 위의 16인의 고승 대덕 및 불교학자님들이 연명한 원고니, 모두 함께 그 의를 찬동해준 소중한 원고라 이 원각경에 다시 게재하는 바입니다. 그 중에는 몇 분 입적하신 분도 있어서 송구한 마음이 없지 않습니다.

「이슬 하나를 깨는
푸른 정성
푸른 넋이라도,
하이얀 달
하이얗게 드러난
마음의 달
그리운 뜻으로 깨어나는
마음의 달빛!
하이얀 넋으로 그려보는
달, 얼로
새기고 믿음으로
기리는 자비
눈물 속에서 피어나는
꽃, 이슬
한 방울
하이얀 얼 넋으로 새겨서
떠오르게 하소서
이슬눈 방울, 빛 울림도 없이
적적 성성(寂寂惺惺)
깨우치게 하소서……」

— 〈「달 · 마음」 雲藏〉

10

바른 한글 원각경

「비둘기 비둘기 고운 비둘기

햇살에 목털
쪽빛 무지개,

부처님 버선발로
모이를 뿌리실 제
八十二好 그윽히 웃으신 그 몸에

法華
宝蓋의 메아리

저 모서리 꽃잎
하나,

비둘기 비둘기 구구구
소리내며 떼지어 우네.」

— 〈「多宝塔」·雲藏」〉

一. 원각경 내력(來歷)

　원각경은 '대방광원각수다라요의경(大方廣圓覺修多羅了義經)'의 준 이름입니다. 이 경(經)은 바가바부처님이 수용신(受用身)을 나투어 문수(文殊)·보현(普賢) 등 12보살들과의 문답을 통하여 우주의 천진(天眞), 대원각(大圓覺)의 묘리(妙理)와 수행 점차(漸次) 관행(觀行) 등을 설한 경전입니다.

　이 경을 설한 정확한 연대(年代)는 찾아 볼 길이 없습니다. 한역(漢譯)이 이루어진 시기도 다만 당나라 때의 지승(智昇)이 지은 〈개원석교록(開元釋教錄)〉 제9에 보면, 북인도 계빈국(罽賓國)의 승려 불타다라(佛陀多羅 Buddhatrāta 覺救라 번역)가 범본(梵本)을 가지고 중국 신도(神都)의 백마사(白馬寺)에서 번역하였으나 정확한 연대는 알 수가 없다고 하였습니다.

　그러나 당나라 규봉(圭峰)스님의 〈대방광원각경소(大方廣圓覺經疏)〉에는 도전(道詮)의 〈대방광원각경소〉를 인용하여 불타다라가 이 경을 중종(中宗) 장수(長壽) 2년(693년)에 번역하였다고 연대를 밝혀 놓고 있으나, 여러 이설이 있는 것으로 보아 그렇게 단정하기는 어렵다 하겠습니다. 그렇기 때문에 이 경의 역출(譯出) 연대는 〈개원석교록〉이 찬술된 개원(開元) 18년(730년) 이전으로만 볼 수밖에 없는 것입니다.

　이 경의 설주(說主)는 '바가바(婆伽婆)' 부처님으로 본경 서분(序分)에 나옵니다. '바가바'는 원만한 덕을 갖춘 부처님 덕호(德號)인 것이니, 곧 석가세존(釋迦世尊)이 수용신을 나툰 덕호(德號)로 보는 것입니다. 이 경을 설한 곳도, 본경 서분(序分)에서 보인 바가바 부처님께서 '신통대광명장(神通大廣明藏)'에 드셨다는 것만 볼 수가 있을 뿐, 실제의 어느 지역이라는 것은 알 길이 없습니다.

이 경에 관한 주석가의 제 일인자라고 알려진 규봉은 대승불교의 이취(理趣)는 화엄교학을 들고, 선(禪)의 실수(實修)의 극치는 이 경에 두어 교선일치론을 창도한 바 있고 우리나라에서도 매우 존중하였으니, 곧 불교전문 강원의 교과목 중 하나로 「금강경」·「수능엄경」·「대승기신론」과 함께 4교과목(四敎科目)으로 옛날부터 학습되어 왔던 것입니다.

이 원각경 불타다라(佛陀多羅)의 한역본(漢譯本)을 우리말로 명봉스님이 정역(正譯)을 하는 데에는 스님이 와병(臥病)중이라 동성(東星)스님과 필자가 받아쓰며 조역(助譯)을 하였습니다. 그리고, 또 거듭 바로잡고, 우리말 독송용으로 '바른 한글 원각경'을 이룩하는 데는 스님의 유시(遺示)에 의하여 어쩔 수 없이 필자가 하게 된 것입니다. 이에 명봉 은사(恩師)님께 수강한 노트에 의지하여 실로 조심스럽게 풀이에 임하였으나 너무나 오묘하여 어긋난 곳이 없나 두려운 마음뿐입니다.

二. 원각경 과목(科目)

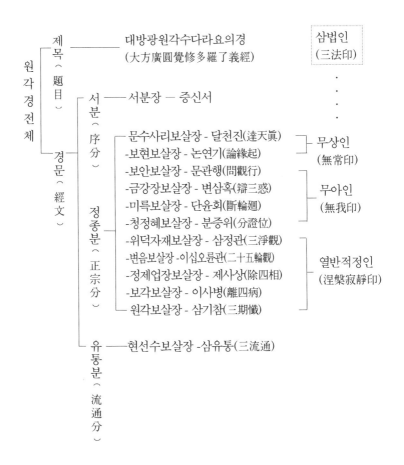

원각경전체

제목(題目) ─────── 대방광원각수다라요의경
                   (大方廣圓覺修多羅了義經)

삼법인
(三法印)

경문(經文)

서분(序分) ── 서분장 ─ 증신서

정종분(正宗分)
문수사리보살장 - 달천진(達天眞)
-보현보살장 - 논연기(論緣起)
-보안보살장 - 문관행(問觀行)
-금강장보살장 - 변삼혹(辯三惑)
-미륵보살장 - 단윤회(斷輪廻)
-청정혜보살장 - 분증위(分證位)
-위덕자재보살장 - 삼정관(三淨觀)
-변음보살장 -이십오륜관(二十五輪觀)
-정제업장보살장 - 제사상(除四相)
-보각보살장 - 이사병(離四病)
-원각보살장 - 삼기참(三期懺)

무상인
(無常印)

무아인
(無我印)

열반적정인
(涅槃寂靜印)

유통분(流通分) ──현선수보살장 -삼유통(三流通)

三. 바른 한글 원각경 및 주해(註解)

1. 제목(題目·경의 이름)

대방광원각수다라요의경

「대방광원각수다라요의경(大方廣圓覺修多羅了義經)」은 '크고 방정하고 넓고 원만한 깨달음의 이치와 기밀을 다하여 마친 글'이란 뜻입니다. '대(大)'는 원각성의 체(體)가 '크고 넓고 쯤(際·三世際)이 없는 것(廣大無際)이라' 어이 표현할 수가 없어서 그저 '대(大)'라 한 것입니다. '방(方)'은 원각성의 상(相)이 '바른 법을 스스로 가져 있는 것(正法自持)'이니, 방정(方正)하다는 뜻으로 그저 '방(方)'이라고 한 것입니다. '광(廣)'은 원각성의 용(用)이 한량없는 무작묘용(無作妙用)을 두루 넓게 하므로 '체가 두루함을 일컫는 것(稱體而周)이라' 한 뜻이니, '광(廣)'이라 한 것입니다. '원각(圓覺)'은 본분각(本分覺)·신훈각(新薰覺)이 둘 아닌 각만(覺滿)이니, 부처님네의 원만한 깨달음이며 일체 진리입니다. '수다라(修多羅)'는 법본(法本) 진리 또는 성교(聖敎)의 진리, 곧 일체법의 이치와 기밀(機密)에 맞는 법의 성교(聖敎)입니다. '요의(了義)'는 '의(義)를 다하여 마친'의 뜻이고, '경(經)'은 이치를 '거두어 꿰어 논 글(貫攝之義)'이라는 뜻입니다.

2. 경문(經文)

(1) 서분장(序分章)〔믿고 인증하게 하는 서분(證信序分)〕

① 이와 같이 제가 들었습니다. 한 때에 바가바 부처님께서 신통대광명장 삼매정수(三昧正受)에 드시니, 모든 여래의 밝은 장엄으로 머물러 가지심이요, 이 모든 중생의 깨끗한 깨달음의 땅(本覺地)이며, 몸과 마음이 고요히 멸하신 평등한 근본 쫌(三世本際)이요, 시방에 원만한 둘 아닌 경계를 순히 좇음이니라.

如是我聞하사오니 一時에 婆伽婆 入於神通大光明藏 三昧正受하시니, 一切如來의 光嚴住持요 是諸衆生의 淸淨覺地며 心身寂滅인 平等本際요, 圓滿十方하신 不二隨順이니라.

이 절은 본 경의 서분(序分) 중 통서(通序)입니다. '바가바 부처님께서 신통대광명장 삼매정수에 드시니' 곧 바가바 부처님께서 수용신(受用身)으로 앉은 자리에서 신통한 큰 광명장(光明藏)에 삼매정수(三昧正受) 곧 알 수 없는 대정(大定)에 드시니, 그 자리가 바로 법성정토(法性淨土·受用土)요, '모든 여래의 밝은 장엄(좋은 禪)으로 머물러' 있고, 중생의 깨끗한 본래의 본분각지(本分覺地)이며, '시방에 원만한 둘 아닌 경계를 순히 좇음이라' 한 것입니다. 이것은 부처님이 수용신으로 광명장 곧 법성정토에 들어 온 우주가 둘 아닌 경계를 보인 것입니다.

17

[바가바(婆伽婆·범어 Bhagavat)]는 바가범(婆伽梵이라고도 음역하고, 세존(世尊)이라 번역하는 것으로, 모든 부처님에 통하는 덕호(德號)입니다. 〈대지도론(大智度論)〉에 '바가(婆伽)'는 덕(德)이요, '바(婆)'는 유(有)를 뜻하는 것이라 하였으며, '세존'은 석존(釋尊)이니, 여기서는 석가여래 세존으로 보는 것입니다.

[삼매정수(三昧正受)]는 범어 삼매(三昧·Samādhi)와 중국어 정수(正受·思惟正受)이니, 범·중(梵中) 복합어로 '삼매'나 '정수'는 다 같은 뜻으로 곧 마음을 한 곳에 모아 움직이지 않는 알 수 없는 무명대정(無名大定)입니다.

[법성정토(法性淨土)]는 법성법신의 정토니, 법성토(法性土)라고도 합니다. 모두 색상(色相)을 떠나 항상 머물러 변치 아니하면서 허공과 같이 곳곳마다 두루 가득한 것입니다.

② 둘 아닌 경계에 모든 깨끗한 불국토를 나투시어 큰 보살 십만인과 함께 계시더니, 그 이름을 말하면 문수사리보살·보현보살·보안보살·금강장보살·미륵보살·청정혜보살·위덕자재보살·변음보살·정제업장보살·보각보살·원각보살·현선수보살 등이 상수가 되어 모든 권속과 더불어 다 삼매에 들어 함께 여래의 평등법회에 참석해 있었다.

於不二境에 現諸淨土하사 與大菩薩摩訶薩十萬人과 俱하사옵더니, 其名은 曰 文殊師利菩薩 普賢菩薩 普眼菩薩 金剛

藏菩薩 彌勒菩薩 淸淨慧菩薩 威德自在菩薩 辨音菩薩 淨諸
業障菩薩 普覺菩薩 圓覺菩薩 賢善首菩薩 等이 而爲上首하
사 與諸眷屬으로 皆入三昧하야 同住如來의 平等法會일러
니,

　이 절은 서분장의 별서(別序)입니다. '둘 아닌 경계에 모
든 깨끗한 불국토를 나투시어' 부처님과 12상수(上首) 보살
과 '모든 권속과 더불어 삼매에 들어 함께 여래의 평등법회
에 머물렀더니' 한 것이요, 앞 절에 이어 본 절까지는 '6성취
법(成就法)'으로 이루어져 있습니다.

　[성취(成就)]는 곧 (1)'이와 같이'라 한 것은 신(信)성취이
고, (2)'내가 들었습니다'는 문(聞)성취이며, (3)'한 때'에라
한 것은 시(時)성취이고, (4)'바가바'는 주(主)성취이며, (5)
'신통대광명장'은 처(處)성취이고, (6)'12보살' 등은 중(衆)성
취를 말하는 것입니다.

　이 장은 믿고 인증하게 하는 서분(證信序)이니, 곧 바가바
(世尊) 부처님이 수용신(受用身)으로 신통한 큰 광명장(神
通大光明藏)에 드시어 모든 부처님과 모든 보살 및 모든 중
생들과 함께 원만한 수순을 보이어 모두 다 믿고 인증하게
한 것입니다. 다음은 정종분(正宗分)이니, 본론으로 들어갑
니다. 먼저 문수보살장의 진리법 진연기론(眞緣起論)부터
살펴보기로 하겠습니다.

(2) 문수사리보살장(文殊舍利菩薩章) [천진을 통달함(達天眞)]

① 이에 문수사리보살이 대중가운데 있다가 곧 자리에서 일어나 부처님 발에 절하고, 오른 편으로 세 번 돌고 무릎을 꿇어 손을 모아 합장하고 부처님께 사뢰오되,

於是에 文殊師利菩薩이 在大衆中이라가 卽從座起하야 頂禮佛足하시며 右繞三匝하시고 長跪叉手 而白佛言하사오되,

이 절은, 문수사리보살이 청법하는 예절을 갖추고 말씀하려는 것입니다.

[문수사리보살]은 지덕(智德)과 체덕(體德)의 상수(上首)요, 석가모니불의 좌보처(左補處) 보살입니다.

② "대비하신 세존이시여! 원하건대 이 모든 보살 대중을 위하여 여래의 본래 일으키신 깨끗한 인지(因地)에서 수행하시던 법을 말씀하여 주시고, 보살이 대승 가운데에 깨끗한 마음을 내어 모든 병을 멀리 여읨을 말씀하시어 능히 미래의 말세중생이 대승을 구하는 자로 하여금 삿된 견해에 떨어지지 않게 하옵소서."

大悲世尊이시여 願爲此會 諸來法衆하사 說如來本起 淸淨 因地法行하시고, 及說菩薩이 於大乘中에 發淸淨心하야 遠

20

離諸病하시며, 能使未來末世衆生이 求大乘者도 不墮邪見케 하소서.

  이 절은 여래께서 '인지(因地)에서 수행하던 법' 〈물음 1〉과, '보살이 모든 병을 여의는 법' 〈물음 2〉와, '중생이 삿된 견해(邪見)에 떨어지지 않는 법' 〈물음 3〉에 대해 말씀하여 주십시오 하고 청법을 하는 것입니다.

  [인지(因地)]는 부처님의 지위를 과지(果地)라 하는데 대하여 성불하려고 수행하는 지위를 말하는 것이니, 여기서는 부처님의 수행시의 법행을 말하는 것입니다.

  ③ 이렇게 물으시기를 마치고, 오체(五體)를 땅에 대고 절하며, 이렇게 세 번 청하기를 마치고 다시 하려 하시니, 그 때에 세존께서 문수사리보살에게 말씀하셨다. "좋고 좋구나, 착한 남자야! 너희들이 이에 능히 모든 보살을 위하여 여래의 인지 수행법을 물으며, 또한 말세의 모든 중생이 대승을 닦는 자를 위하여 바르게 머물러 가짐을 얻고, 삿된 견해에 떨어지지 않도록 하여달라 하니, 너 이제 자세히 들어라. 마땅히 너를 위하여 말하리라."

  作是語已하시고, 五體를 投地하사 如是三請을 終而復始하시니, 爾時에 世尊이 告文殊師利菩薩言하사오되, 善哉善哉라, 善男子야 汝等이 乃能爲諸菩薩하야 諮詢如來의 因地

法行하며, 及爲末世의 一切衆生 求大乘者하야 得正住持하
고, 不墮邪見케 하나니, 汝今諦聽하라. 當爲汝說하리라.

이 절은 문수사리보살이 '여래의 인지(因地) 법행'에 대한
질문이 매우 훌륭하다고 칭찬하며 '자세히 들을 것'을 권하
며 법을 설할 것을 승낙하는 장면입니다.

[대승(大乘)]은 벽지불과(辟支佛果)나 아라한과(阿羅漢
果)를 이상으로 하여 닦는 소승(小乘)에 대하여 무상보리
(無上菩提) 불과(佛果)를 이상으로 닦는 대승보살들을 뜻하
는 것입니다.

④ 때에 문수사리보살이 승낙하심을 받들어 기뻐하며 모든
대중과 함께 조용히 들으셨다. "착한 남자야! 위없는 법왕의
큰 다라니 문이 있으니, 이름이 원만한 깨달음(圓覺)이다. 모
든 깨끗한 진여(眞如)와 보리(菩提)와 열반(涅槃) 및 바라밀
(波羅蜜)을 유출하여 보살에게 가르쳐 주시니, 모든 여래가
본래 일으키신 인지에서 다 깨끗한 깨달음의 모양으로 원만
하게 비침을 의지하여서 길이 무명(無明)을 끊고 불도(佛道)
를 이루었나니, 어떤 것을 무명(無明)이라 하는가?"

時에 文殊師利菩薩이 奉敎歡喜하사와 及諸大衆과로 黙
然而聽하사옵더니, 善男子야 無上法王이 有大陀羅尼門하시
니 名爲圓覺이라 流出一切淸淨眞如와 菩提涅槃과 及波羅密

하야 敎授菩薩하시나니, 一切如來本起因地에 皆依圓照淸淨
覺相하야 永斷無明하고, 方成佛道하나니 云何無明고,

이 절은 문수사리보살의 물음에 대해 답을 시작하는 장면
입니다. 법왕의 큰 다라니문이 있으니 그 이름이 '원만한 깨
달음(圓覺)'이라, 모든 깨끗한 진여와 보리와 열반과 바라
밀, 곧 진연기(眞緣起)를 유출(流出)하여 가르치심에 그 바
라밀에 의지하여 무명(無明·四識)을 끊고 성불(成佛)하였
으니(天眞을 통달함), 이것은 〈물음 1〉에 대해 먼저 무명(無
明·五蘊身)을 여의고 무명을 알아(通達하여 見性해) 성불
했다고 대답한 것입니다.

[진여(眞如)]는 상주불변하는 본체(本體) 진리요, 또는 실
상묘유(實相妙有)의 법성(法性)을 말합니다.

⑤ "착한 남자야! 모든 중생이 비롯됨이 없이 좇아옴으로
가지가지 전도(顚倒)됨이 마치 미혹(迷)된 사람이 사방을 바
꾸어 거처함과 같아서, 망령되이 사대(四大)를 잘못 알아 자
기 몸이라 하고, 육진(六塵)의 인연 그림자를 자기 마음이라
고 함을 비유하면, 저 병든 눈이 허공의 헛꽃과 헛된 두 달 그
림자(第二月)를 보는 것과 같으니라."

善男子야, 一切衆生이 從無始來로 種種顚倒함이 猶如迷
人이 四方易處하야 妄認四大하야 爲自身相하고, 六塵緣影으
로 爲自心相함이 譬彼病目이 見空中華와 及第二月이니라.

23

이 절은 무명(無明·五蘊身) 중생의 성품은 전도(顚倒)된 것이어서 '망령되이 사대(四大=地·水·火·風大)'를 자기 몸이라 하며, 육진(六塵·六境)의 그림자를 '자기 마음이라 함'이 마치 병든 눈으로 허공에 없는 '헛꽃과 헛된 두 달(第二月) 그림자(눈을 누르면 달이 둘로 보이는 것)를 보는 것과 같다'고 하여 〈물음 2〉에 답을 하기 시작한 것입니다.

[무명(無明)]은 본래 '성각(性覺)이 필명(必明)한 것인데 망령되이 명각(明覺)이 된 것이라'고 〈능엄경〉에 말씀하고 있습니다. 명각인데 어찌하여 무명이라 하느냐 하면 시각(始覺·新薰覺) 곧 수행해 깨달음이 없는 고로 무명이라 하는 것입니다. 그러므로 진(眞)과 망(妄)이 다 있는 것임을 유념할 일입니다.

⑥ "착한 남자야! 허공에 실로 꽃이 없거늘 병든 자가 망령되이 고집하여 망집으로 말미암은 것이니, 오직 이 허공의 자성이 미혹되어질 뿐 아니라 또한 다시 저 실로 꽃 나는 곳(圓覺性·妙覺性)도 미(迷) 하나니, 이로 말미암아서 망령되이 나고 죽음에 윤회함이 있는 것이라. 그러므로 무명이라 이름 하는 것이니라."

善男子야, 空實無華커늘 病者妄執이요, 由妄執故로 非唯惑此虛空自性이라, 亦復迷彼實華生處하나니, 由此하야 妄有輪轉生死일새, 故名無明이니라.

이 절은 '전도(顚倒)' 망상으로 병든 자(눈병에 걸린 자)의 망집으로 말미암아 '허공의 자성뿐 아니라' '꽃(幻身)이 나는 곳(자기가 나온 圓覺性) 곧 자성(妙覺성품)도 미(迷)하나니' 이런 연유로 계속 전도 윤회하는 것입니다. 이렇게 전도된 것(顚倒者)을 이름하여 무명이라는 것입니다.

[윤회(輪廻·輪轉)]는 미(迷)하여 미계(迷界)에 나고 죽음을 거듭하는 것입니다. '윤회·윤전'이란 수레바퀴가 도는 것과 같이 3계(界) 6도(道)에 나고 되나며, 돌고 돌아서 벗어날 기약이 없이 돌아가는 것을 말하는 것입니다.

⑦ "착한 남자야! 이 무명이라 하는 것은 실제로 체(體)가 있는 것이 아니니, 마치 꿈 가운데 사람이 꿈을 꿀 때에는 없지 않으나 꿈을 깸에 이르러서는 조금도 얻은 것이 없고, 뭇 헛꽃이 허공에서 멸하지만 결정코 멸한 곳이 있다고 하지 말아라. 무슨 까닭인가? 난 곳이 없는 까닭이니라."

善男子야, 此無明者非實有體함이 如夢中人이 夢時非無나 及至於醒하야는 了無所得이요, 如衆空華滅於虛空커늘 不可說言有定滅處니, 何以故요, 無生處故니라.

이 절은 무명이라는 체(體)가 따로 있는 것이 아니니, 마치 꿈을 꾸다가 깨었을 때 꿈이 멸한 곳이 없는 것과 같은 것이므로 '멸(滅)한 곳이 있다고 하지 말라'는 것입니다. 왜냐하면, 본래 '난 곳이 없는 까닭'이기 때문입니다.

[본분변(本分邊)] 곧 본체론 면으로 보면 무실(無實)이라 얻을 것이 없는 것이요, 신훈변(新薰邊)은 곧 수행면으로는 무명을 닦으면 무허(無虛)라 얻을 것이 있는 것입니다. 이 절은 신훈변으로 무명을 끊고 꿈에서 깨어나야 한다는 뜻을 말한 것입니다.

⑧ "모든 중생이 남이 없는 가운데 망령되이 나고 멸함을 보게 되나니, 이런 까닭으로 나고 죽음에 윤회한다고 말하는 것이니라. 착한 남자야! 여래인지에서 원만한 깨달음(圓覺)을 닦은 자는 이것이 헛꽃인 줄을 아는(通達)지라 곧 윤회가 없고, 또한 몸과 마음이 나고 죽음을 받을 것이 없나니, 지은 것이 없는 때문이 아니라 본성이 없는 까닭이며, 저 깨달아 아는 자(知覺者)도 허공과 같고, 허공인 줄을 아는 자(知虛空者)도 곧 헛꽃 모양인 것이니, 또한 알고 깨닫는 성품이 없다고도 말하지 말아라. 있음과 없음을 함께 보내나니, 이것을 깨끗한 깨달음에 순히 좇음이라 이름하는 것이니라."

一切衆生이 於無生中에 望見生滅일새 是故로 說名輪轉生死니라. 善男子야, 如來因地修圓覺者知是空華라. 卽無輪轉이요, 亦無身心이 受彼生死니, 非作故無라. 本性無故며, 彼知覺者도 猶如虛空이요, 知空虛者도 卽空華相이며, 亦不可說無知覺性하야 有無俱遺하나니, 是則名爲淨覺隨順이니라.

이 절은, '원각을 닦는 자는 헛꽃(즉 몸)인 줄을 안 것(無

明의 眞妄을 通達함)이므로 윤회가 없다' 하고, 지각자(知覺者·悟者나 照者·二乘覺)도 허공 같고, 곧 오자(六識悟者)나 조자(八識照者) 등도 허공 같고, 빈 허공인 줄 아는 자(菩薩·空性者) 등도 환지(幻智)의 습기가 남아 있는 것이니, '있음과 없음을 함께 보내야(병을 여의어야) 정각수순(淨覺隨順)이라'는 것입니다. 여기까지가 〈물음 2〉에 대한 답입니다.

[수순(隨順)]이란 순히 좇는다는 뜻이니, 여기서는 깨끗한 깨달음에 순응하여 좇아 들어가는 것을 말합니다.

⑨ "그것은 무슨 까닭인가? 허공성품(虛空性·無想陰)이기 때문이며, 항상 움직이지 않기(不動·無受陰) 때문이며, 여래장 가운데 나고 멸함이 없기(無起滅·無行陰) 때문이며, 소견이 없기(無知見·無識陰) 때문이며, 법계 성품이 구경에 원만하여서 시방에 두루함과 같기 때문이니라. 이것이 곧 인지의 법행이라 이름하는 것이니, 보살은 이로 인하여 대승 가운데서 깨끗한 마음을 내고, 말세 중생은 이를 의지하여 닦아 행하면 삿된 견해에 떨어지지 아니하리라."

何以故오. 虛空性故며, 常不動故며, 如來藏中에 無起滅故며, 無知見故며, 如法界性이 究竟圓滿하야 徧十方故니라. 是則名爲因地法行이니, 菩薩은 因此하야 於大乘中에 發淸淨心하고, 末世衆生은 依此修行하면 不墮邪見하리라.

27

이 절은 앞에서 정각 수순하여 천진(天眞)을 통달하였으므로 있고 없는 것을 다 여읜 빈 사음(四陰=受 · 想 · 行 · 識)이 구경에 원만하여 시방에 두루한 천진(天眞)을 보이고, 이것이 곧 인지법행(因地法行)이니, 보살은 이로 인하여(四陰을 여의고) 깨끗한 마음을 내어 정각(淨覺) 수순하고, 또한 중생은 〈물음 3〉에 대한 답으로 '이를 의지하여 닦으면(因地法行처럼) 사견(邪見)에 떨어지지 않는다' 하여 정관(正觀)으로 들어가는 바른 길이라는 뜻을 제시한 것입니다.

[사음(四陰 · 四蘊)]은 수음(受陰 · 前五識) · 상음(想陰 · 六識) · 행음(行陰 · 七識) · 식음(識陰 · 八識)입니다. 곧 4식(識)임도 유념할 일입니다.

[여래장(如來藏)]은 미계(迷界)에 가득히 있는 진여성품(眞如性 · 七大性)입니다. 곧 미계의 사물은 모두 진여에 섭수되었으므로 여래장이라 하고, 또는 진여가 바뀌어 미계의 사물이 된 때는 그 본성인 여래의 덕이 번뇌망상에 덮이게 된 점으로 여래장이라 하고, 또한 미계의 진여는 그 덕이 숨겨져 있을지언정 아주 없어진 것이 아니라 중생의 성덕(性德)을 함장하였으므로 '여래장'이라 하는 것입니다.

⑩ 그 때에 세존이 이 뜻을 거듭 펴고저 하여 게송으로 말씀하시되,

"문수야, 네 마땅히 알라. 일체 모든 여래가
본래 인지로 좇아 다 지혜를 깨침으로써

무명을 알아 마치면, 저 공중에 헛꽃과 같음을 아는지라.

곧 윤회를 면하고 또한 꿈속에 사람이

깬 때에 가히 얻음이 없는 것 같으며, 깨달은 자(六識悟者)도 또한 허공(虛空性)과 같으니라.

평등하고(七識了平等), 동요하지 아니해서(前五識證不動), 깨달음(離八識照)이 시방세계에 두루하여

곧 불도(佛者覺意)를 이룸을 얻으나(照者도 여의어), 모든 환이 멸해(幻智와 佛覺까지도) 없어지는 곳에

도를 이룸 또한 얻음이 없음(如來如意)은 본성이 원만한(天眞圓滿) 연고니라.

보살은 이 가운데서 능히 보리심을 내고

말세 중생은 이렇게 닦으면 삿된 견해가 없으리라."

爾時에 世尊이 欲重宣此義하사 而說偈言하사오되,

文殊야, 汝當知하라. 一切諸如來가

從於本因地하사 皆以知慧覺으로

了達於無明하되 知彼如空華하라.

卽能免流轉이요, 又如夢中人이

醒時不可得이며, 覺者도 如虛空이라.

平等不動轉하야, 覺徧十方界하야,

卽得成佛道하나 衆幻滅無處에

成道亦無得은 本性圓滿故니라.

菩薩於此中에, 能發菩提心하고,

末世諸衆生은 修此免邪見하리라.

이 절은, 이 장의 요지이니 곧, 여래가 '인지로 좇아 무명을 끊고 지혜를 깨침으로써 무명을 알아 마치면'(통달하면) 꿈에서 깬 것 같아서 무명은 헛꽃임을 알 것이요, 또한 무명 중생의 6식을 오(悟)한 자리는 허공(虛空性)이요, 7식을 요(了)한 자리는 평등(平等性)이요, 전5식을 증(證)한 자리는 부동(不動性)이고, 8식을 조(照)한 각(覺)과 조(照·幻智)까지 여의어 불각(佛覺意)을 얻으나, 각도 얻음이 없음(如來如意)은 '본성이 원만(本性圓滿)한 연고니라' 하여 천진(天眞) 성품을 드러내 보이고, 여래인지 수행과 같이 보살은 보리심을 내고(성취하고), 중생은 사견(邪見)이 없으리라(正觀으로 들어가리라)는 것이 이 절의 요지이며, 이 장의 요지입니다. 그리고 이 장은 무상인(無常印) 중에 진연기(眞緣起) 무상인입니다. 곧 앞의 제4절에 법왕의 원각에서 '모든 깨끗한 진여와 보리와 열반과 및 바라밀(波羅密)을 유출(眞緣起流出)하여 보살에게 가르쳐 준다' 하는 등의 진연기(眞緣起) 설은 진연기 무상인(無常印)임을 드러내어 보인 것입니다. 각별히 유념할 것이며, 또한 이 장은 달천진(達天眞) 곧 참진리를 통달하라고 제시한 것입니다. 다음은 진리(法) 중에 망연기(妄緣起)를 논한 보현보살장을 살펴보기로 하겠습니다.

(3) 보현보살장(普賢菩薩章) [연기를 논함(論緣起)]

① 이에 보현보살이 대중 가운데 있다가 곧 자리에서 일어나 부처님 발에 절하고, 오른 편으로 세 번 돌고 무릎을 꿇어 손을 모아 합장하고 부처님께 사뢰오되, "대비하신 세존이시

여! 원하건대 이 모든 보살 대중을 위하고, 말세의 모든 중생이 대승(大乘)을 닦는 자를 위하여 이 원만한 깨달음(圓覺)의 깨끗한 경계를 듣고 이를 어떻게 수행해야 할 것입니까?"

　　於是에 普賢菩薩이 在大衆中이라가 卽從座起하야 頂禮佛足하시며 右繞三匝하시고 長跪叉手 而白佛言하사오되, 大悲世尊이시여, 願爲此會諸菩薩衆하시며, 及爲末世一切衆生修大乘者하야 聞此圓覺淸淨境界하고 云何修行이닛고.

　　이 절은, 보현보살이 청법의 예절을 갖추고, 원각(圓覺)의 깨끗한 경계를 듣고, '이것을 어떻게 수행하여야 합니까?' 하고 구체적으로 묻기를 시작하는 장면입니다.

　　[보현보살은 이덕(理德)과 행덕(行德)의 상수(上首) 보살이며, 석가모니불의 우보처(右補處) 보살입니다.

　　② "세존이시여! 저 중생의 환(幻) 같음을 아는 자 몸과 마음이 또한 환일 것 같으면, 이를 어찌 환으로써 도리어 환을 닦으며, 모든 환의 성품이 일체가 다 멸하면 곧 마음이 있을 리 없을 것이니 누가 수행을 할 것이며, 이를 어찌 다시 수행도 환 같다고 하시는 것입니까?"

　　世尊이시여, 若彼衆生의 知如幻者身心이 亦幻이면 云何以幻으로 還修於幻이며, 若諸幻性이 一切盡滅하면 則無有

心이어니, 誰爲修行이며, 云何復說修行如幻이닛고.

이 절은 〈물음 1〉 '어찌 환(幻)으로써 도리어 환을 닦으며', 〈물음 2〉 몸과 마음이 모두 환일 것 같으면 헛것이니 '누가 수행을 할 것이며', 어찌 '수행하는 것도 다시 환 같다고 하십니까?'라고 질문한 것입니다.

[세존(世尊, 범어 Bhagavat)]은 바가범(婆伽梵) 또는 바가바(婆伽婆)라고 음역하는 것이고, 세상에서 가장 높다는 뜻으로 세존이라고도 하는 것이니, 이것은 석가모니 부처님, 여래 10호 중의 하나입니다.

③ "만약 모든 중생이 본래 수행하지 아니하면, 나고 죽는 가운데에 항상 환으로 화하여 삶이 되어서 일찍이 능히 환 같은 경계를 알아 마치지 못할 것이니, 망령된 생각으로 하여금 이를 어떻게 해탈하게 하리까? 원하건대, 말세 모든 중생을 위하여 말씀하여 주십시오. 어떤 방편(方便)을 지어서 점차 수행하여야 모든 중생으로 하여금 길이 모든 환을 여의게 하겠습니까?" 이 말씀하시기를 마치고 오체를 땅에 대고 절하며 세 번 청하기를 마치고 다시 하려 하시니,

若諸衆生이 本不修行하면 於生死中에 常居幻化하여 曾不了知如幻境界하리니, 令妄想心으로 云何解脫이닛고, 願爲末世一切衆生하소서. 作何方便하야 漸次修習하야사 令諸衆

生으로 永離諸幻이닛고. 作是語已하시고 五體投地하사 如
是三請 終而復始하시니,

　이 절은 〈물음 3〉 몸이 환인 것이라 하니, 수행하지 아니
하는 중생으로 하여금 '어떤 방편(方便)을 지어서 환을 여의
고 해탈하게 하리까?'라고 그 방편을 물은 것입니다.

　[오체투지(五體投地)]는 머리와 두 손 · 두 무릎인 이 5체
를 땅에 붙이어 절하는 것으로, 인도 최상의 경례법입니다.
5온신(蘊身)을 땅에 대는 것은 자신을 비우는 뜻도 있는 것
입니다.

　④ 그 때에 세존이 보현 보살에게 말씀하시되, "좋고 좋구
나. 착한 남자야! 너희 무리가 이에 능히 모든 보살과 말세 중
생을 위하여 보살이 환다운 삼매(三昧) 방편으로 점차 닦아서
모든 중생으로 하여금 모든 환을 여의게 하리니, 너 이제 자
세히 들어라. 마땅히 너를 위하여 말하리라."

　爾時에 世尊이 告普賢菩薩言하사오되, 善哉善哉라. 善男
子야, 汝等이 乃能爲諸菩薩과 及末世衆生하야 修習菩薩이
如幻三昧 方便漸次하야 令諸衆生으로 得離諸幻케 하나니,
汝今諦聽하라. 當爲汝說하리라.

　이 절은 꼭 물을 것을 물은 데에 대해 칭찬하고, 그 환다

운 삼매(三昧) 방편 점차를 말하겠다고 청법을 승낙하는 장면입니다.

[점차(漸次)]는 순서를 말하는 것입니다. 천태종의 점차지관(漸次止觀)을 보기로 들어보면, 처음에는 얕은 5계(戒)와 10계를 지키고, 다음은 선정(禪定)을 닦고, 뒤에 깊고 오묘한 실상관(實相觀)을 점차로 닦아 나가는 것 등입니다.

⑤ 때에 보현보살이 승낙하심을 받들어 즐거이 모든 대중과 함께 말없이 들으셨다. "착한 남자야! 모든 중생의 가지가지 환화(幻化)가 다 여래의 원만한 깨달음의 묘한 마음에서 나는 것이니, 허공꽃이 허공에 좇아 있음과 같으며, 환꽃은 비록 멸했으나 허공 성품은 무너지지 않나니, 중생의 환마음도 도리어 환을 의지하여 멸하여서 모든 환이 다 멸하나 깨달은 마음은 움직이지 않느니라."

時에 普賢菩薩이 奉敎歡喜하사와 及諸大衆과로 黙然而聽하사옵더니. 善男子야, 一切衆生의 種種幻化가 皆生如來의 圓覺妙心하되, 猶如空華從空而有며, 幻華雖滅이나 空性不壞하나니, 衆生幻心도 環依幻滅하야 諸幻이 滅盡이나 覺心은 不動이니라.

이 절은, 환이 원각의 묘심(妙心)에서 난다 하고, 〈물음 1〉의 답으로 '중생의 환마음도 도리어 환을 의지하여(幻觀

등으로) 멸하여서' 라고 답하며, '깨달은 마음(들어난 體性)
은 부동(不動)'임을 말씀하신 것입니다.

　[원각묘심(圓覺妙心)]은 원각성의 묘한 마음을 말하는 것
입니다. 5온 및 일체 만물인 환(幻)이 원각성의 묘한 마음에
서 나는 것이니, 인간은 원각하는 길 곧 허망하지 아니한 불
허(不虛)의 참 삶으로 나가는 길과 그렇지 않으면 꿈같이 나
왔다가 흔적도 없이 사라지는 길이 있을 뿐입니다.
　여기서 온 우주는 원각성 하나 뿐임도 유념하여 잘 살펴
나갈 일입니다.

　⑥ "환을 의지하여 깨달음을 말함도 또한 이름이 환이라 하
고, 만약 깨달음이 있다고 말하면 오히려 환을 여의지 못한
것이며, 깨달음이 없다 말하는 자도 또한 이와 같으니, 이런
까닭으로 환을 멸한다는 자의 이름이 움직이지 않는 자(不
動·體性)이니라."

　依幻說覺도 亦名爲幻이요, 若說有覺이면 猶未離幻이며,
說無覺者도 亦復如是니, 是故幻滅이 名爲不動이니라.

　이 절은, 환을 의지한 환신(幻身)으로 깨달음이 있다, 없
다 하여 분별심을 움직이면 '환(幻)을 여의지 못한 것'이라
하고, 〈물음 2〉에 대한 답으로는 '환을 멸(滅)한다는 자(者)
이 이름이 움직이지 않는 자(不動)'이라 그 부동자(不動者)

가 곧 분별심이 없는 자며 동요함이 없는 자며, 무작묘용(無作妙用)의 체성자가 닦는 자라는 점을 제시한 것입니다.

[부동(不動)]은 진여(眞如)의 체성(體性)이 상주(常住)하여 변동하지 않는 것을 말하는 것입니다. 또는 동요하지 않는 것이며 선정(禪定)의 이름이기도 합니다.

⑦ "착한 남자야! 모든 보살과 말세 중생이 응당히 일체 환이 화한 허망한 경계(虛明妄想・前五識)를 멀리 여읠 것이니, 멀리 여의었다는 마음을 굳게 잡는(分別心・六識) 까닭으로 마음이 환 같은 자를 또한 다시 멀리 여읠 것이요, 멀리 여읜 환을 하는 자(了者・七識)를 또한 다시 멀리 여읠 것이요, 멀리 여읜 환을 여읨(八識 照者)을 또한 다시 멀리 여의어서 여읠 바 없는 것을 얻으면 곧 모든 환을 제거함(四識除去)이니, 비유하면, 불을 구함에 두 나무를 서로 비비므로 인하여 불이 나고, 나무가 다 타고 재가 날리고 연기가 멸함과 같으니, 환으로써 환을 닦음도 또한 다시 이와 같으니라."

善男子야, 一切菩薩과 及末世衆生이 應當遠離一切幻化虛妄境界니 由堅執持遠離心故로 心如幻者를 亦復遠離요, 遠離爲幻을 亦復遠離요, 離遠離幻을 亦復遠離하야 得無所離하면 即除諸幻하리니, 譬如鑽火하야 兩木이 相因하야 火出木盡하고 灰飛煙滅하나니, 以幻修幻도 亦復如是니라.

이 절은 〈물음 3〉의 답입니다. 4식(識)을 여의고 또 감공(鑑空)의 혜(慧) 등으로 내조(內照)하여 4식을 여의어 온 조자(照者)도 나중에는 환지(幻智)가 되는 것이니, 그 조(照·幻智)까지 여의는 점차를 말하고, 수행 방편은 환으로써 환(以幻修幻·幻觀)을 닦아 환(四識)을 멸하는 것이라, 마치 나무를 비벼대어 불을 내어 나무를 태우고 불(火)도 꺼지고 재와 연기도 다 없어진 것과 같다 한 것이니, 두 나무로 불을 나게 한 그 방편자도 다 없어져야 한다는 뜻입니다.

[이환수환(以幻修幻)]은 주문을 외우는 소리 등 환으로써 마음의 환을 닦는 것을 말하는 것입니다.

⑧ "모든 환이 비록 다했더라도 단멸(斷滅)에 들어가는 것은 아니니라. 착한 남자야! 환인 줄 알면 곧 여읠 것이고 방편을 짓지 않을 것이요, 환을 여의면 곧 깨달은 것이라 또한 점차가 없느니라. 모든 보살과 말세 중생이 이를 의지하여 수행하면 이와 같이 능히 모든 환을 길이 여의리라."

諸幻이 雖盡이나 不入斷滅이니라. 善男子야, 知幻卽離나 不作方便이요, 離幻卽覺이라 亦無漸次니라. 一切菩薩과 及末世衆生이 依此修行하면 如是乃能永離諸幻하리라.

이 절은 〈물음 3〉의 답이 끝나는 절목입니다. 앞 절에서 환관(幻觀) 곧 삼마발제관(三摩鉢堤觀) 방편법으로 환을 여

원 것은 '단멸(斷滅)에 들어가지 않는다'고 하였습니다. 그
러므로 환관(幻觀)으로 환인 4식(識)을 여의는 길 외에 다른
'방편을 짓지 않을 것이요, 환신(幻身)의 환(幻)을 여의면 깨
달은 것이라'고 한 것입니다.

[단멸(斷滅)]은 번뇌를 끊어 아무 것도 없는 무기공성(無
記空性)으로 드는 것을 말하는 것이니, 이는 3계(界) 28천
(天) 중의 무상천(無想天)에 떨어지는 것과 같은 것입니다.
[무기공(無記空)]의 성품은 선(善)도 없고 악도 없는 쓸모
없는 성품이며, 닦는 수행도 결과를 낼 수가 없는 공무(空
無)입니다.

⑨ 그 때에 세존이 이 뜻을 거듭 펴고저 하여 게송으로 말
씀하시되,

"보현아! 네가 마땅히 알라, 일체 모든 중생의
비롯함이 없는 환인 무명이 다 모든 여래의
원만한 깨달음의 마음(圓覺心)을 좇아 건립함이니, 허공꽃
과 같아서
허공을 의지하여 모양이 있고, 허공꽃이 다시 멸하나
허공은 본래 움직이지 아니하고, 환이 모든 깨달음으로 좇
아 나는 것이나,
환이 멸하고 깨달음이 원만하면 깨달은 마음이 움직이지
않는 까닭이니라.

저 모든 보살과 말세 중생이

항상 응당히 환을 멀리 여읠 것이니, 모든 환을 모두 다 여의면

나무 가운데에 불이 나서 나무가 다하고 불이 도리어 멸할지니라.

깨달은 즉 점차가 없고 방편도 또한 이와 같으니라."

爾時에 世尊이 欲重宣此義하사 而說偈言하사오되,
普賢아 汝當知하라. 一切衆生의
無始幻無明이 皆從諸如來의
圓覺心建立함이 猶如虛空華가
依空而有相이며 空華若復滅이나
虛空은 本不動이요 幻從諸覺生이나
幻滅覺圓滿은 覺心이 不動故니라.
若彼諸菩薩과 及末世衆生이
常應遠離幻이니, 諸幻을 悉皆離하면
如木中生火에 木盡火還滅이니라.
覺則無漸次요 方便亦如是니라.

이 절은 본장의 요지이니, 곧 환(幻)이 원각에서 나고, 허공꽃과 같은 무상(無常)한 것이나, 만일 환(幻身·幻觀)으로써 환(四識)을 닦아서 '환이 멸하고 깨달음이 원만하면 깨달은 마음이 움직이지 않는(不動·常住不變) 까닭이니' 보살과 중생은 환을 멀리 여읠 것이라. 깨달으면 점차도 없고

방편도 없다는 뜻으로 연기(緣起)를 논하고, 수행하여 깨달으라 한 것입니다.

※이 장은 연기를 논한 것(論緣起)입니다. 앞의 문수장은 진연기(眞緣起)를 위주로 말한 진연기 무상인(無常印)이고, 본 장은 망연기(妄緣起)를 위주로 논한 망연기 무상인입니다.

이 두 장에서 설한 법문 불법대의 이종근본(佛法大義 二種根本)이라 불교에서 말하는 진·망(眞·妄) 연기론을 듣고, 환희심을 일으켜 이 참진리(眞如·涅槃·菩提)의 통달문으로 들어가는 수행 관법(觀法)을 묻는 것을 다음 보안보살장에서 살펴보기로 하겠습니다.

⑷ 보안보살장(普眼菩薩章) [관행을 물음(問觀行)]

① 이에 보안보살이 대중 가운데 있다가 곧 자리에서 일어나 부처님 발에 절하고, 오른 편으로 세 번 돌고 무릎을 꿇어 손을 모아 합장하고 부처님께 사뢰오되, "대비하신 세존이시여! 원하건대 여기에 모인 보살 대중과 말세의 일체 중생들을 위하여 보살의 수행 점차에 대해 말씀하여 주십시오."

於是에 普眼菩薩이 在大衆中이라가 卽從座起하야 頂禮佛足하시며 右繞三匝하시고, 長跪叉手하사 而白佛言하사오되, 大悲世尊이시어, 願爲此會에 諸菩薩衆하시며, 及爲末世一切衆生하야 演說菩薩의 修行漸次하소서.

이 절은, 보안보살이 청법하는 예절을 갖추고, '수행 점차 (漸次·닦는 차례)를 말씀하여 주십시오' 하고 청법을 하는 것입니다.

[보안보살은 널리 일체 법을 분명하게 잘 보는 법안(法眼)의 상수(上首) 보살입니다.

② "어떻게 생각(思惟·憶想) 할 것이며, 어떻게 머물러 가질 것(住持·住心)이며, 중생이 깨달음을 얻지 못하는 것을 어떤 방편을 지어서 널리 깨닫게 하오리까? 세존이시여! 만약 저 중생들이 바른 방편과 바른 생각(正思惟)이 없으면 부처님께서 삼매 말씀하심을 듣고 마음에 미혹함이 생겨서 곧 원만한 깨달음에 들어가지 못할 것이오니, 원하건대 자비심을 일으키시어 저희들과 말세 중생을 위하여 방편을 가설하여 말씀하여 주십시오." 이 말씀하기를 마치고, 오체를 땅에 대고 절하며 세 번 청하기를 마치고 다시 하려 하시니,

云何思惟며 云何住持닛고. 衆生이 未悟커든 作何方便하야사 普令開悟이닛고. 世尊이시여, 若彼衆生이 無正方便과 及正思惟하면 開佛如來의 說此三昧코 心生迷悶하야 卽於圓覺에 不能悟入하리니, 願興慈悲하사 爲我等輩와 及末世衆生하사 假說方便하소서. 作是語已하시고 五體를 投地하사 如是三請을 終而復始하시니,

이 절은, 〈물음 1〉 '어떻게 생각할 것(思惟 · 憶想 · 幻觀)이며', 〈물음 2〉 '어떻게 머물러 가질 것(住持·住心 · 靜觀)이며', 〈물음 3〉 '어떠한 방편(方便)을 지어야 합니까' 하는 관행(觀行) 점차를 물은 것입니다.

[假說]은 어떤 사실의 원인을 설명하기 위하여 편의상 가정하여 설명하는 것입니다.

③ 때에 세존이 보안 보살에게 말씀하시되, "좋고 좋구나, 착한 남자야! 너희들이 능히 모든 보살과 말세 중생을 위하여 여래의 수행 점차와 사유함(伏心法)과 머물러 가짐(住心法)과 내지 가지가지 방편 가설을 물으니, 너 이제 자세히 들어라. 마땅히 너를 위하여 말하리라."

爾時에 世尊이 告普眼菩薩言하사오되, 善哉善哉라, 善男子야 汝等이 乃能爲諸菩薩과 及末世衆生하야 問於如來修行漸次와 思惟住持와 乃至假說種種方便하나니, 汝今諦聽하라. 當爲汝說하리라.

이 절은, 여래가 인지(因地)에서 수행하던 '수행 점차와 사유(思惟 · 憶想 · 伏心法)함'을 묻고, '머물러 가짐(住持 · 住心法)'과 '가지가지 방편'을 물은 데 대해 법을 설할 것을 승낙한 것입니다.

[사유(思惟)]는 생각입니다. 그런데, 여기서는 단순한 생

각이 아니라 앞에서 정사유(正思惟)를 물은 데 대한 답을 하는 '사유'니, [정사유(正思惟)는 정(正)과 사(邪) 중의 정(正) 곧 바른 생각이고, [사유(思惟)]는 생각인데 본 절의 수행 점차 중의 사유(思惟)는 환관(幻觀)의 억상(憶想)과 같은 것이니, 삼마발제관(三摩鉢堤觀)인 환관(幻觀·伏心法)에 속하는 것입니다.

④ 때에 보안보살이 승낙하심을 받들어 기뻐하며 모든 대중과 함께 조용히 들으셨다. "착한 남자야! 새로 배우는 보살과 말세 중생이 여래의 깨끗하고 원만한 깨달음의 마음을 구하고자 하면, 마땅히 바른 생각(正念·憶念)을 하여서 모든 환을 멀리 여읠 것이니, 먼저 여래의 사마타행을 의지하여 금하는 계를 굳게 지키고 대중과 함께 편안히 처하며, 고요한 방에 편히 앉아서,

時에 普眼菩薩이 奉敎歡喜하사와 及諸大衆과 黙然而聽하사옵더니, 善男子야, 彼新學菩薩과 及末世衆生이 欲求如來의 淨圓覺心인댄, 應當正念하야 遠離諸幻이니, 先依如來의 奢摩他行하야 堅持禁戒하고 安處徒衆에 宴坐靜室하야,

이 절은 〈물음 1〉 '어떻게 생각(思惟)할 것'인가 하는 억상(憶想·환관(幻觀))의 복심법(伏心法)을 물은 데 대한 답변으로, 누구나 '마땅히 정념(正念·伏心法·幻觀)하여서 환을 여읠 것'이라 한 것입니다. 〈물음 2〉 '어떻게 머물러 가

질 것(住心法)'인가의 답으로는 '먼저 사마타(住心法·靜觀) 행을 의지하여 금하는 계(戒)를 굳게 지키고 대중과 함께 편히 처'하며, 고요한 방에 편히 앉아서 사마타 관행을 하여 거울과 같은 고요한 마음으로 가관(假觀) 공관(空觀) 등 가지가지 관행을 하여야 한다는 것을 제시한 것입니다. 〈물음 3〉 '어떠한 방편을 지어야 하는가' 하여 가지가지 관행 점차를 물은 데 대하여는 답이 없으나, 곧 '고요한 방에 편히 앉아서 항상 생각을 하되…' 하여 다음 절로 이어서 자세하게 가지가지 관법의 점차를 말하기 시작하므로 이하(以下) 전체가 〈물음 3〉에 대한 답이라는 것을 제시하고 있는 것입니다. 말하자면 물음의 답은 간략하게 말한 총설(總說)이 여기까지이고, 다음은 소상하게 다시 말하는 별설(別說)입니다.

[정념(正念)]은 항상 바른 생각으로 정신을 집중하는 바른 억념(憶念)을 말하는 것이며, 삼마발제관(三摩鉢堤觀)인 환관(幻觀·伏心法)에 속하는 것입니다.

⑤ 항상 생각을 하되, 내 이제 이 몸은 사대(四大)로 화합한 것이니, 이른바 털과 손톱과 이빨과 가죽과 고기와 힘줄과 뼈와 골수와 때(垢)와 빛(色)은 다 땅으로 돌아가고, 침과 콧물과 고름과 피와 진액과 거품과 땀과 눈물과 정기와 오줌과 똥은 다 물로 돌아가며, 따스한 기운은 불로 돌아가고, 움직임과 굴림은 바람으로 돌아가서, 사대가 각각 여의고 나면 이제 이 망령된 몸은 마땅히 어느 곳에 있는 것인가. 곧 이 몸은 필

경에 체가 없고 화합하여 모양이 된지라, 실로 환으로 된 것과 같은 것이니라."

恒作是念하되, 我今此身이 四大化合이니 所謂髮毛爪齒와 皮肉筋骨과 髓腦垢色은 皆歸於地하고, 唾涕膿血과 津液涎沫과 痰淚精氣와 大小便利는 皆歸於水하고, 煖氣는 歸火하고, 動轉은 歸風하야 四大各離하면 今者妄身이 當在何處오 하면 卽知此身이 畢竟無體코 和合爲相이라, 實同幻化니라.

이 절은, 앞절에서 사마타관(奢摩他觀)인 정관(靜觀)을 먼저하고, 이 절에서 그 고요한 마음으로 가관(假觀)을 하는 것입니다. 몸은 본래 4대(大)가 가합(假合)해서 된 것이고, 죽으면 그 사대(四大)인 지·수·화·풍대(地水火風大) 성품으로 돌아가는 것으로 '몸이 체(體)가 없고, 화합(和合)한 모양이라 환으로 된 것과 같다' 하여 몸이 체(體)가 없는 가(假)임을 관하는 가관(假觀)입니다.

[가관(假觀)]은 만유의 모든 법은 공한 것이어서 하나도 실재(實在)한 것이 없으나, 그 차별한 모양이 분명한 것(몸·實在)은 가(假)의 존재라고 관하는 것이니 가관은 공 위에서 건립된 현재 상을 그대로 관하여 이것에 의해 진사(塵沙)의 감(感)을 끊는 것입니다.

⑥ "네 가지 인연이 거짓 합하여 망령되이 육근(六根)이 있고, 육근과 사대가 안팎으로 합성하거든 망령되이 있는 인연

기운이 가운데에 쌓이고 모여서 있는 것 같이 반연하는 모양이니, 거짓 이름을 마음이라 하느니라."

四緣이 假合하야 妄有六根이요, 六根과 四大가 中外合成커든 妄有緣氣於中에 積聚하야 似有緣相이니, 假名爲心이니라.

이 절은 '네 가지 인연' 곧 4 대가 가합(假合)하여 6근(根)이 있고, '6근과 4 대가 안팎으로 합성(合成)' 하여 망령된 기운이 나는 것을 마음이라 하니, 거짓 마음임을 바로 관하라 하는 가관(假觀)으로 본 것과, 공관(空觀)으로도 보며 수행하라는 제시가 있는 것입니다.

[사연(四緣)]은 네 가지 인연이니, '4대' 곧 지ㆍ수ㆍ화ㆍ풍대(地水火風大)인연을 말하는 것입니다.
[육근(六根)]은 안ㆍ이ㆍ비ㆍ설ㆍ신ㆍ의근(眼耳鼻舌身意根)입니다.
[공관(空觀)]은 모든 존재하는 그 자체의 본성이 없고 고정적으로 실재하는 진리를 관상(觀想)하는 수행법이니, 모든 존재를 공(空ㆍ실체가 없는 공)으로 관하는 입장이고, 공 도리를 깨닫기 위하여 수행하는 관법입니다(空寂無相).

⑦ "착한 남자야! 이 허망한 마음이 만약 육진(六塵) 티끌이 없으면 곧 능히 있지 못할 것이니, 사대가 나뉘어 흩어져서 티끌을 가히 얻을 것이 없으면, 그 가운데에 티끌을 반연함도

각기 돌아가 흩어져 멸하여서 필경에 반연의 마음을 가히 볼
것이 없는 것이니라.”

善男子야, 此虛妄心이 若無六塵이면 則不能有일새, 四大
分解하야 無塵可得이면, 於中緣塵도 各歸散滅하야 畢竟에
無有緣心可見이니라.

이 절은, ‘육진(六塵) 티끌이 없으면’ 마음이 있지 못할 것
이요, ‘사대(四大)가 나뉘어 흩어져서’ 없어지면 반연(攀緣)
하는 마음 곧 대상에 대하여 마음의 작용을 일으키는 것도
있을 수 없다 하여 주체(主體)와 실체(實體)가 없는 가아공
(假我空)면을 보인 가관(假觀)이니, 공·가·중관의 3관 중
중관으로도 보는 것이며, 아·법공면으로는 아공(我空)의
원리를 보인 것이요, 다음 절목은 법공(法空)하는 것을 보이
는 것입니다.

[육진(六塵)]은 색·성·향·미·촉·법진(色聲香味觸法
塵)이니, 6경(境)이라고도 합니다.
[중관(中觀)]은 원교(圓敎)에 속하는 것이라 하며, 공관
(空觀)과 가관(假觀)의 둘을 지양하여 하나라고 관 함으로
써 이것에 의하여 무명의 혹을 끊는다고 하는 관입니다.

⑧ “착한 남자야! 저 중생의 환 몸(幻身·前五識)이 멸한 고
로 환 마음(幻心·六識)이 또한 멸하고, 환 마음이 멸한 고로
환의 티끌(客塵·七識)이 또한 멸하고, 환의 티끌이 멸한 고

로 환의 멸(幻滅·八識)이 또한 멸하고, 환의 멸(照者·幻智)이 멸한 고로 환이 아닌 것은 멸하지 않느니, 마치 거울을 닦음에 때가 다하면 밝음이 나타남과 같으니라."

善男子야, 彼之衆生의 幻身이 滅故로 幻心이 亦滅하고, 幻心이 滅故로 幻塵이 亦滅하고, 幻塵이 滅故로 幻滅이 亦滅하고, 幻滅이 滅故로 非幻은 不滅하나니, 譬如磨鏡에 垢盡明現이니라.

이 절은, 사마타관(奢摩他觀)인 정관(靜觀)의 수증(修證) 점차를 보인 것이니, '환 몸(幻身·前五識)이 멸한 고로 환 마음(幻心·六識)이 또한 멸하고' 다음은 그 환의 마음이 멸한 고로 '환의 티끌(客塵·七識)이 또한 멸하고' 또한 환의 멸(幻滅) 곧 8식과 환을 멸해오던 8식 안의 조자(照者)가 또한 멸하고, '환이 아닌 것은 멸하지 않나니, 마치 거울을 닦음에 때가 다하면 밝음과 같다' 하여 법공(法空)을 보인 것입니다.

[아공(我空)]은 인공(人空) 또는 생공(生空)이라고도 합니다. 실아가 없는 것, 일반적으로 우리가 '나'라고 하는 것은 5온(蘊)이 화합한 것으로 참다운 '나'라 할 것이 없는 공무(空無)한 것임을 의미하는 것이라고 불교사전은 말하고 있습니다.

[법공(法空)] 법공관은 인공관(人空觀)이라고도 합니다. 정신적·물질적 일체법은 인연을 따라 잠정적으로 존재할

뿐 불변·절대의 실체가 없다고 하는 법공의 도리를 관하는 것이라고 불교사전은 말하고 있습니다.

⑨ "착한 남자야! 마땅히 알아라. 몸과 마음이 다 환의 때(幻垢)가 되는 것이니라. 때의 모양이 길이 멸하면 시방이 깨끗하리라."

　善男子야, 當知身心이 皆爲幻垢라. 垢相이 永滅하면 十方이 淸淨하리라.

　이 절은, 앞의 말을 이어서 '때(垢의·四識) 모양이 길이 멸(永滅)하면 시방이 깨끗하리라'고 하였습니다. 앞 절에서 거울 체성(體性)을 보이고, 이 체성이 드러나면 10방이 깨끗한 것이라 한 것이니, 뒤에 위덕자재장에서도 사마타관으로 영단(永斷)하면 「여경중(如鏡中)」이라 하였으니, 앞 절과 본 절은 사마타관으로 영단(永斷)한 경계를 보이는 것으로, 적정경안(寂靜輕安)을 발(發)한 경계이며, 적정열반의 경지입니다.

⑩ "착한 남자야! 비유하면 깨끗한 마니 보배구슬이 오색에 비치어서 방위와 처소를 따라 각기 나타나는 것이어늘, 모든 어리석은 자들이 저 마니구슬에 실로 오색이 있는 것으로 보나니, 착한 남자야! 원만하게 깨달은 깨끗한 성품이 몸과 마음에 나타나서 종류를 따라 각기 응하거든 저 어리석은 자가

깨끗하고 원만한 깨달음에 진실로 이와 같은 몸과 마음인 자기 모양이 있다 함도 또한 다시 이와 같으니, 이로 말미암아 능히 환이 됨을 멀리 하지 못할 것임에 이런 까닭으로 내가 몸과 마음이 환의 때(幻垢)라 말함에 대하여, 환의 때를 여읜 자를 보살이라 이름하나니, 때가 다하고 대치를 제거하면 곧 대치의 때와 및 설명자가 없느니라."

善男子야, 譬如淸淨摩尼寶珠가 映於五色하야 隨方各現커든 諸愚痴者見彼摩尼코 實有五色이라 하나니, 善男子야, 圓覺淨性이 現於身心하야 隨類各應커든 彼愚痴者說淨圓覺이 實有如是니 身心自相이라 함도 亦復如是하야, 由此하야 不能遠於幻化일새 是故로 我說身心이 幻垢라 함에 對離幻垢를 說名菩薩이라 하나니, 垢盡對除하면 即無對垢와 及說名者니라.

이 절은 '비유하면 깨끗한 마니 보배구슬'을 보고, 구슬에 비친 5색이나 비친 자기 모양이 있다 하는 그 환(幻) 마음을 여의기가 어려운 사실과 '환의 때를 여읜 자는 보살' 이요, '때가 다하고 대치(對·照者)를 제거하면 곧 대치의 때와 설명자(부처)가 없다'한 것이니 곧 '환(幻)의 때(垢·四識)를 여읜 보살과 대치(對)의 때(內照하여온 幻智)까지 여의면 또한 설명자(부처)도 없다'한 체공(體空) 자리인 것을 보인 것입니다. 이것은, 아공(我空) 법공(法空)까지도 버리어 비로소 모든 법의 본성(本性)에 계합한 구공(俱空)입니다.

50

⑪ "착한 남자야! 이 보살과 말세 중생이 모든 환을 증득하면 환 그림자를 멸하는 까닭으로 그 때에 문득 방위와 처소가 없는 깨끗함을 얻어서 가없는 허공이 깨달음을 나타난 바이니, 깨달음이 원만하게 밝은 고로 나타난 마음이 깨끗하고, 마음이 깨끗한 고로 보는 티끌(見塵)이 깨끗하고, 보는 티끌이 깨끗한 고로 눈 뿌리(眼根)가 깨끗하고, 눈 뿌리가 깨끗한 고로 눈의 알음알이(眼識)가 깨끗하고, 눈의 알음알이가 깨끗한 고로 듣는 티끌(聞塵)이 깨끗하고, 들음이 깨끗한 고로 귀 뿌리(耳根)가 깨끗하고, 귀뿌리가 깨끗한 고로 귀의 알음알이(耳識)가 깨끗하고, 귀의 알음알이가 깨끗한 고로 깨달음의 티끌(覺塵)이 깨끗하고, 이와 같이 내지는 코와 혀와 몸과 뜻도 또한 다시 이와 같으니라."

善男子야, 此菩薩과 及末世大衆이 證得諸幻하면 滅影像
故로 爾時에 便得無方淸淨하야 無邊虛空이 覺所顯發이니,
覺圓明故로 顯心이 淸淨하고, 心淸淨故로 見塵이 淸淨하고,
見淸淨故로 眼根이 淸淨하고, 根淸淨故로 眼識이 淸淨하고,
識淸淨故로 聞塵이 淸淨하고, 聞淸淨故로 耳根이 淸淨하고,
根淸淨故로 耳識이 淸淨하고, 識淸淨故로 覺塵이 淸淨하고,
如是乃至 鼻舌身意도 亦復如是니라.

이 절은, 삼마발제관(三摩鉢堤觀)인 환관(幻觀)으로 '모든 환을 증득(證得)하면' 각(覺)이 원명(圓明)한 고로 마음이 깨끗하고, 보는 티끌(見塵·見大의 塵)이 깨끗하고, 안근

(眼根)이 깨끗하고, 안식(眼識)이 깨끗하고, 다음 문진(聞塵)이 깨끗하고, 이근(耳根)이 깨끗하고, 이식(耳識)이 깨끗하고, '안식'과 '이식'이 깨끗해진 고로 깨달음의 티끌(覺塵)이 깨끗하고, 이와 같이 코(鼻根)와 혀(舌根)와 몸(身根)과 뜻(意根)도 또한 이와 같으니라, 하여 깨끗해지는 점차를 말한 것입니다. 곧 마음과 견대(見大)·6근(根)·6식(識)이 깨끗해지는 순서를 말한 것입니다.

앞의 사마타관으로는 '환 몸(幻身)을 멸한고로 환 마음(幻心)이 멸하고' 하였지마는, 이 삼마발제관으로는 환을 증득하여서 깨끗해지는 점차를 보이는 것을 잘 살펴보고, 앞에 것은 사마타관으로 멸하는 사마타행임을 알아야 하고, 본절은 삼마발제관 복심법(伏心法)으로 환을 증득하여 깨끗하여지는 것임을 알아서 그 깨끗해지는 점차 및 '멸'과 '증득' 등을 이해하게 되는 것도 유념할 일입니다. '방위와 처소가 없다'는 것은 삼세간(三世間)이 없다는 뜻이고, '가없는 허공이 깨달음을 나타난 바이니'는 허공 본체의 깨달음이 나타난 것이라는 뜻이니 원만한 깨달음을 들어낸 것입니다.

[견진(見塵)이 청정하괴는 눈으로 보는 견대(見大) 성품에 티끌(塵)이 없어져 깨끗하다는 뜻입니다.

[견대(見大)란 7대 곧 지·수·화·풍·공·견·식(地水火風空見識) 중의 견대(見大) 성품이니, 이 '7대' 중의 '견대'는 듣는 청대(聽大)와 냄새를 맡는 후대(嗅大) 등 6근(根)의 성품으로 보는 것을 대표한 '견대'입니다. 그러므로 근대(根大)라고도 하는 것이고, 대(大)란 색법(色法)이 우주에 가득

함과 같이 견(見)의 성품도 법계에 가득 차 있으므로 견대
(見大)라 하는 것입니다.

　[무변허공(無邊虛空)이 각소현발(覺所顯發)이니는 곧 '가
없는 허공이 깨달음 나타난 바이니'의 뜻입니다. 이렇게 바
르게 본 이는 명봉 스님의 도반이신 원공(圓空) 스님임도 밝
혀 둡니다.

⑫ "착한 남자야! 뿌리(六根)가 깨끗한 고로 빛 티끌(色塵)
이 깨끗하고, 빛이 깨끗한 고로 소리 티끌(聲塵)이 깨끗하고,
향기·맛·닿음·법의 티끌도 또한 다시 이와 같으니라.

　善男子야, 根淸淨故로 色塵이 淸淨하고, 色淸淨故로 聲塵
이 淸淨하고, 香味觸法도 亦復如是니라.

　이 절은, 앞 절에서 먼저 6근(根)의 뿌리가 깨끗해졌으니
'뿌리가 깨끗한 고로 빛 티끌(色塵)이 깨끗하고' 하여 본 절
에서는 육진(六塵) 곧 색·성·향·미·촉·법(色聲香味觸
法)진의 순서로 깨끗하여진 점차를 보인 것입니다.

⑬ "착한 남자야, 육진이 깨끗한 고로 지대(地大)가 깨끗하
고, 지대가 깨끗한 고로 수대(水大)가 깨끗하고, 화대와 풍대
도 또한 다시 이와 같으니라."

　善男子야, 六塵이 淸淨한 故로 地大가 淸淨하고, 地大淸
淨故로 水大가 淸淨하고, 火大와 風大도 亦復如是니라.

이 절은, '6진(塵)의 티끌이 깨끗한 고로' 지·수·화·풍대(地水火風大) 순으로 4대(大) 성품이 깨끗해진 것을 말한 것입니다. 7대(大) 성품 중에는 앞에서 먼저 견대(見大)가 깨끗해지고, 안식(眼識) 등 식(識) 곧 식대(識大)가 깨끗해지고, 여기서 지·수·화·풍대가 깨끗해졌으니, 6대(大)가 깨끗해졌습니다. 공대(空大)가 하나 언급되지 않은 것은 공대(空大)는 그 성품이 장애 됨이 없이 온갖 것을 포섭하며 거침없는 작용을 하여, 사물이 의지하여 존재할 수 있게 하는 공대(空大) 성품이므로 앞의 '6대'가 깨끗해지면 '공대'도 깨끗해지는 것이니, '7대'가 모두 깨끗해진 것입니다.

⑭ "착한 남자야! 사대가 깨끗한 고로 십이처와 십팔계와 이십오유가 깨끗하고, 저것이 깨끗한 고로 십력과 사무소외와 사무애지와 부처님 십팔불공법과 삼십칠조도품이 깨끗하고, 이와 같이 내지 팔만 사천 다라니문이 모두가 깨끗하니

善男子야, 四大가 淸淨故로 十二處와 十八界와 二十五有가 淸淨하고, 彼淸淨故로 十力과 四無所畏와 四無礙智와 佛十八不共法과 三十七助道品이 淸淨하고, 如是乃至 八萬四千多羅尼門이 一切가 淸淨하니라.

이 절은, 착한 남자야 4대(大) 육신(肉身)이 깨끗한 고로 '12처(處)인 6근(根·內入處)과 6진(塵·外入處) 또는 '18界'가 깨끗해져서 마치 등잔불이 켜지면 온 방안이 환하듯이, 소아(小我)의 일체법인 '18계'가 깨끗해졌으므로 대아(大我)

인 10방 3세의 모든 법이 깨끗해진 점차를 말하였으니, 곧 25유·10력·4무소외·4무애지·18불공법과 37조도품 내지는 8만 4천 다라니문이 깨끗해진 점차를 말한 것입니다.

[이십오유(二十五有)]는 ①지옥 ②아귀 ③축생 ④아수라 〈四惡趣〉. ⑤동승신주 ⑥서우화주 ⑦남섬부주 ⑧북구로주 〈四洲〉. ⑨사천왕천 ⑩도리천 ⑪야마천 ⑫도솔천 ⑬화락천 ⑭타화자재천 〈六欲天〉. ⑮초선천 ⑯범왕천 ⑰제2선천 ⑱제3선천 ⑲제4선천 ⑳무상천 ㉑나함천 〈色界天〉. ㉒공무변처천 ㉓식무변처천 ㉔무소유처천 ㉕비상비비상처천 〈無色界四天〉입니다. 이상으로 세간(世間)의 법이 모두 깨끗해진 것입니다.

[십력(十力)]은 부처님께만 있는 열 가지 지혜력(智力)이니, 곧 ①도리(道理)에 계합하고, 도리에 계합하지 못함을 분명히 아는 힘(處非處智力), ②과거·미래·현재를 통해 온갖 업을 잘 아는 힘(業異熟智力), ③모든 삼매와 해탈을 잘 아는 힘(靜慮解脫等持等智智力), ④근기의 상·중·하를 잘 아는 힘(根上下智力), ⑤갖가지 취미를 알아서 선을 권하고 악을 막는 힘(種種勝解智力), ⑥여러 근기들의 성품과 업장을 다 아는 힘(種種界智力), ⑦온갖 도법의 행으로 나아가는 결과를 다 아는 힘(遍趣行智力), ⑧지난 세상의 일을 잘 아는 힘(宿性隨念智力), ⑨여기서 죽어 어느 곳에 나는 것과 모양을 아는 힘(死生智力), ⑩모든 번뇌를 길이 여의고 여실(如實)한 이치를 아는 힘(漏盡智力)입니다.

[사무소외(四無所畏)]는 ①일체 법을 바르게 깨달았으니

55

두려움이 없는 것(正等覺無畏), ②온갖 번뇌를 다 끊었으니 외난(外難)을 두려워하지 않는 것(漏永盡無畏), ③악법 등 일체 장애가 되는 것을 말함에 두려움이 없는 것(說障法無畏), ④괴로움을 벗어나는 일체법을 설함에 비난을 두려워함이 없는 것(說出道無畏)입니다.

[사무애지(四無礙智)]는 ①온갖 교법을 통달하여 걸림이 없는 지혜(法無碍智), ②온갖 교법의 뜻(義)을 풀이(解)하는데 걸림이 없는 지혜(義無礙智), ③어느 곳을 가나 그 지방의 말을 하는데 걸림이 없는 지혜(辭無礙智), ④지치고 싫어할 줄을 모르고 즐겁게 설법하는 지혜(樂說無礙智)입니다. 이 지혜로 설법하는 것을 사무애변(四無礙辯)이라고도 합니다.

[십팔불공법(十八佛共法)]과 [삼십칠조도품(三十七助道品)]은 지면 제한 사정으로 주해를 줄입니다. 불교사전을 참조하십시오.

⑮"착한 남자야! 모든 실상(實相)의 성품이 깨끗한 고로 한 몸이 깨끗하고, 한 몸이 깨끗한 고로 많은 몸이 깨끗하고, 많은 몸이 깨끗한 고로 이와 같이 내지는 시방 중생의 원만한 깨달음이 깨끗하니라."

善男子야, 一切實相이 性淸淨故로 一身이 淸淨하고, 一身이 淸淨故로 多身이 淸淨하고, 多身이 淸淨故로 如是乃至十方衆生의 圓覺이 淸淨하니라.

이 절은, '모든 실상의 성품이 깨끗한 고로' 한 몸이 깨끗하고, 많은 몸이 깨끗하고 내지는 10방 중생의 원각(圓覺)이 깨끗하다는 것입니다.

[실상(實相)]은 있는 그대로의 모양입니다.

[실상진여(實相眞如)]는 아집(我執)과 법집(法執)이 없어진 곳에 나타나는 온갖 법의 실상이니, 곧 담연적정(湛然寂靜)한 진여 실상입니다.

㉚"착한 남자야! 한 세계(一世界)가 깨끗한 고로 많은 세계가 깨끗하고, 많은 세계가 깨끗한 고로 이와 같이 내지는 허공이 다하고 삼세를 둥글게 싸서 모두가 평등하게 깨끗하여 동요함이 없느니라."

善男子야, 一世界淸淨故로 多世界淸淨하고, 多世界淸淨故로 如是乃至盡於虛空하고, 圓裏三世하야 一切가 平等淸淨不動이니라.

이 절은, '한 세계(一世界)가 깨끗한 고로' 많은 세계·허공·삼세(三世:過·現·未)가 평등하게 깨끗하여 동요함이 없는 부동(不動)이라 한 것이니, 곧 삼마발제관으로 증득한 그 '평등하게 깨끗하여 동요함이 없는(平等淸淨不動)' 경지를 보인 것입니다.

[일세계(一世界)]는 한 세계입니다. 곧 3계(界)를 말하는 것입니다. 그리고 또한 몸(五陰身)도 한 세계로 보는 것이

니, 곧 '3계(界)'의 욕계(欲界・五蘊身의 五欲界)와 색계(色界・色陰正性界)와 무색계(無色界=受・想・行・識陰正性)인 28천 많은 세계도 한 몸・5음(陰)・五蘊)에 배대(配對)하여 보는 한 몸의 세계임도 유의하여 살펴 볼 일이고, 그리고 사바세계의 4주(洲)도 또한 한 세계인 것입니다.

⊗ "착한 남자야! 허공(虛空・空性)이 이와 같이 평등하여 움직이지 않음은 마땅히 알라. 깨달음의 성품이 평등하여 움직이지 않음이며, 사대가 움직이지 않는 까닭은 마땅히 알라. 깨달음의 성품이 평등하여 움직이지 않음이며, 이와 같이 내지는 팔만 사천 다라니문이 평등하여 움직이지 않음은 마땅히 알라. 깨달음의 성품이 평등하여 움직이지 않음이니라."

善男子야, 虛空이 如是平等不動은 當知覺性이 平等不動이며, 四大不動故는 當知覺性이 平等不動이며, 如是乃至八萬四千多羅尼門이 平等不動은 當知覺性이 平等不動이니라.

이 절은 선나관(禪那觀)이니, 선나관은 환관(幻觀)・정관(靜觀) 둘 아닌 불이관(不二觀)인 적관(寂觀)입니다. '허공이 이와 같이 평등하여 움직이지 않음은 마땅히 알라, 깨달음의 성품이 평등하여 움직이지 않음이며'라고 한 것은 이 적관(寂觀)으로 수증(修證)한 보살 공성(空性) 경계인 제8부동지(不動地)의 경지에 이른 허공과 같은 빈 성품이 동요함이 없는 자리를 보인 것입니다. 이 절목의 적관(寂觀)은 부동지의 공성(空性) 보살이 평등부동(平等不動)의 경계에서 평등불괴(平等不壞)의 경지로 닦아 올라가는 경계를 보이는 것입니다.

　깨달음의 성품이 본래　평등부동(平等不動)한 것은　저 〈화엄경〉의 평등부동의 진리와도 같은 것임도 유념하여 볼 일입니다.

※ "착한 남자야! 깨달음의 성품(覺性)이 두루 가득하고 깨끗하여 움직이지 않나니, 원만하여 쯈(三世際)이 없는 고로 마땅히 알라, 육근 뿌리가 법계에 두루 가득함이요, 뿌리가 두루 가득한 고로 마땅히 알라. 육진 티끌이 법계에 두루 가득하고, 티끌이 두루 가득한 고로 마땅히 알라, 사대가 법계에 두루 가득하고, 이와 같이 내지는 다라니문이 법계에 두루 가득하나니라."

　善男子야, 覺性이 偏滿淸淨不動하야 圓無際故로 當知六根이 偏滿法界요, 根偏滿故로 當知六塵이 偏滿法界요, 塵偏滿故로 當知四大가 偏滿法界요, 如是乃至多羅尼門이 偏滿法界니라.

　이 절은, '깨달음의 성품이 두루 가득하고 깨끗하여 움직이지 않나니, 둥글어(圓滿) 쯈(三世際)이 없는 고로' 곧 깨달음이 두루 차서 끝이 없으면 6근·6진·4대 내지는 다라니문까지도 두루 원만해지는 것으로, 모두가 법계(法界)에 두루 가득함을 보여 주는 것입니다. 이것은 아공(我空)과 법공(法空)까지도 넘어선 구공(俱空) 경계에 들어가는 경지 등입니다.

[구공(俱空)]은 아공(我空)·법공(法空)까지도 버림으로
써 비로소 제법(諸法)의 본성에 계합함을 말하는 것입니다.

※ "착한 남자야! 저 묘한 깨달음의 성품이 두루 가득함을
말미암은 연고로 뿌리(根)의 성품과 티끌(塵)의 성품이 무너
짐도 없고 섞임도 없으며, 뿌리와 티끌의 무너짐이 없는 고로
이와 같이 내지는 다라니문이 무너짐도 없고 섞임도 없나니,
백 천 등불의 빛이 한 방에 비추어 그 빛이 두루 가득하나 무
너짐도 없고 섞임도 없느니라(無壞無雜)."

善男子야, 由彼妙覺性이 徧滿故로 根性塵性이 無壞無雜
이요, 根塵이 無壞故로 如是乃至多羅尼門이 無壞無雜이니,
如百千燈이 光照一室에 其光이 徧滿이나 無壞無雜이니라.

이 절은, 본래의 '저 묘한 깨달음의 성품이 두루 가득함'으
로 말미암아 곧 묘각성(妙覺性)은 그 '성품이 무너짐도 없고
섞임도 없는' 평등한 진리 그대로인 것을 보인 것입니다.
자성의 등불은 누구나 다 가지고 있고, 그 빛은 누구의 빛
과도 서로 섞임이 없이 질서가 정연하여 이(理)와 사(事)에
걸림이 없는 평등한 경계를 말한 것입니다. 앞 절과 본 절은
제9지(地)로부터 등각(等覺位)에 이르는 동안에 증득(證得)
하는 과정이요, 섞임도 없고 무너짐도 없는 진리를 말한 것
입니다.

[등각(等覺)]은 곧 여래(如來)가 다시 닦는 역류(逆流)를 하여 내려오는데 보살은 순단(順斷)하여 올라온 순행(順行)이 서로 각제(覺際)에 입교(入交)하는 자리를 '등각'이라 하는 것이니, 등각에 이르고는 금강심(金剛心) 중에 초간혜지(初幹慧地)를 얻어서 다시 마지막으로 영단(永斷)하여 올라가 묘각(妙覺)을 이룬다고 〈능엄경〉에 말하고 있음. 불과(佛果)를 얻을 수 있는 지위입니다.

[영단(永斷)]은 순단(順斷)의 반대요, 등각후심(等覺後心)이 묘각복도(妙覺複道) 곧 여래역류수행을 하여 마친 영단(永斷)입니다.

🕭 "착한 남자야! 깨달음을 성취한 고로 마땅히 알라. 보살이 법으로 더불어 얽히지도 아니하고, 법의 해탈을 구하지도 아니하고, 나고 죽음을 싫어하지도 아니하고, 열반을 사랑하지도 아니하고, 계(戒)를 가짐을 공경하지도 아니하고, 헐고 금(禁)하는 것을 미워하지도 아니하며, 오래 익힌 일을 무겁게도 여기지 아니하고, 처음 배우는 일을 가볍게 여기지도 아니하나니, 무슨 까닭인가? 일체가 깨달음인 연고라. 비유하면 눈빛이 앞 경계를 밝히되, 그 빛이 원만하여 미워하고 사랑함을 얻음이 없나니, 무슨 까닭인고 하면 빛이 둘이 없고 미워하고 사랑함이 없는 까닭이니라."

善男子야, 覺成就故로 當知菩薩이 不與法縛이며, 不求法

脫이며, 不厭生死하고, 不愛涅槃이요, 不敬持戒하고, 不憎
毀禁이며, 不重久習하고, 不輕初學하나니, 何以故오. 一切
覺故와 譬如眼光이 曉了前境에 其光이 圓滿하야 得無憎愛
니, 何以故오, 光體無二코 無憎愛故니라.

이 절은 등각(等覺) 경계이니, 곧 '깨달음(覺)을 성취한 고
로 마땅히 알라' 남과 죽음 · 열반 · 미워하고 사랑함이 없어
일체 법이 모두가 평등하여 염정법(染淨法)에 구애됨이 없
고, 섞임도 없는 것을 말한 것이니, 비유하면 눈빛이 앞 경
계를 밝히되, 그 빛이 원만하여 미워하고 사랑함이 없는 빛
이라. 그 빛은 둘이 없고 미워하고 사랑함이 없어 차별이 없
는 까닭이라는 것입니다.

⚘ "착한 남자야! 이 보살과 말세 중생이 이 마음을 수습하
여 성취를 얻은 자는 이에 닦음도 없고 또한 성취함도 없나
니, 원만한 깨달음의 넓은 빛과 고요한 적멸이 둘이 없음이
니, 그 가운데에 백천 만억 아승지 가히 말할 수 없이 많은 부
처님 세계가 허공꽃과 같아서 어지럽게 일어나고 어지럽게
멸하니라. 곧 하지도 아니하고 여의지도 아니하고 얽힘도 없
고 벗음도 없나니, 비로소 중생이 본래 부처를 이룬 줄 알며,
나고 죽음과 열반이 오히려 어제 밤 꿈과 같은 것이니라."

善男子야, 此菩薩과 及末世衆生이 修習此心하야 得成就
者於此에 無修코 亦無成就니, 圓覺의 普照와 寂滅이 無二일

새, 於中에 百千萬億阿僧祇不可說恒河沙諸佛世界가 猶如空華하야 亂起亂滅이라. 不卽不離요 無縛無脫이니, 始知衆生이 本來成佛이요, 生死涅槃이 猶如昨夢이로다.

이 절은, 수행하여 성취를 얻은 자는 '원각의 넓은 빛과 고요한 적멸이 둘이 없음이니' 중생이 본래 부처고, 아승지겁 많은 불세계며, 나고 죽음과 열반이 오히려 어제 밤 꿈과 같은 것'을 비로소 알게 될 것이라는 뜻이니, 이 경지는 부처를 이룬 불각(佛覺) 자리입니다.

이것은 묘각 부처님 중에 '불자각의(佛者覺意)'요 여래여의자(如來如意者)라' 한 경전의 말씀 중에 전자의 경계라, 깨달음을 성취한 불각(佛覺)이니 깨달음이 있는 것이나 여래(如來)는 깨달음도 없는 경지의 여의자(如意者)입니다. 잘 살펴 보십시오.

✿ "착한 남자야! 어제 밤 꿈과 같은 연고로 마땅히 알라, 나고 죽음과 열반이 일어남도 없고 멸함도 없으며 옴도 없고 감도 없나니, 그 증득한 이도 곧 얻음도 없고 잃음도 없으며 취할 것도 없고 버릴 것도 없고, 그 능히 증득할 자도 지음도 없고 그침도 없으며 내버려둠도 없고 멸함도 없는지라. 이 증득한 가운데에 능도 없고 소도 없음에 필경에 증득함도 없고, 또한 증득할 자도 없어서 일체의 법 성품이 평등하여 무너지지 않느니라."

善男子야, 如昨夢故로 當知生死와 及與涅槃이 無起無滅이며 無來無去니, 其所證者도 無得無失이며 無取無捨요, 其能證者도 無作無止매 無任無滅이라, 於此證中에 無能無所일새 畢竟無證코 亦無證者하야 一切法性이 平等不壞하나니라.

이 절은, 선나관인 적관(寂觀)으로 증득해 마친 그 자리는 '옴도 없고 감도 없나니' 작·지·임·멸병(作止任滅病)도 없고, '증득함도 없고 증득 할 자도 없어서 일체의 법 성품이 평등하여 무너지지 않느니라'는 것입니다. '옴도 없고 감도 없는' 중공(中空) 곧 중도관(中道觀) 자리이며, 여래(如來) 여의자(如意者)의 중도실상(中道實相) 경지이니, 곧 이사병 정관(離四病正觀)을 한 본각(本覺) 신훈각(新薰覺) 둘 아닌 법신(法身)의 경지이니, 일체 법 성품이 평등하여 무너짐이 없는 자리입니다.

㉫ "착한 남자야! 저 모든 보살이 이와 같이 수행하고 이와 같이 점차하고 이와 같이 생각하고 이와 같이 머물러 가지고 이와 같이 방편하고 이와 같이 깨달아 이와 같은 법을 구하면 미혹하여 불쌍하지 않으리라."

善男子야, 彼諸菩薩이 如是修行 如是漸次 如是思惟 如是 住持 如是方便 如是開悟하야 求如是法하면 亦不迷悶하리라.

이 절은, 〈물음 1, 2, 3〉의 관행을 물은(問觀行) 데 대한 답을 한 결사이니, 이와 같이 곧 수행하고, 점차하고, 생각 (正念·바른 憶念·伏心)하고, 머물러 가지고(住心·靜觀),

모든 방편(假觀·空觀·中觀·幻觀·靜觀·寂觀 등)을 행하고 깨달아서 성취하라는 뜻을 제시해 놓은 것입니다.

卍 그 때에 세존이 이 뜻을 거듭 펴고저 하여 게송으로 말씀하시되,

"보안아! 네 마땅히 알아라. 일체 모든 중생이
몸과 마음이 다 환과 같아서 몸 모양은 사대에 속하고
마음 성품은 육진으로 돌아가서 사대 몸을 각기 여의면,
누가 화합한 자가 되는고 하여 이렇게 점점 수행하면
일체가 다 깨끗하여 동요하지 아니하고, 법계에 두루할 것이며,
지음도 그침도 내버려둠도 멸함도 없고, 또한 능히 증득할 자도 없으며,
일체 부처님 세계도 허공꽃과 같아서
삼세가 다 평등하여 필경에 오고 감이 없나니,
초발심 보살과 말세 중생이
불도에 들어가기를 구하고저 하면, 마땅히 이와 같이 닦을 지니라."

爾時에 世尊이 欲重宜此義하사 而說偈言하사오되,
普眼아, 汝當知하라. 一切衆生이
身心이 皆如幻이니 身相은 屬四大요
心性은 歸六塵하야 四大體各離면

誰爲和合者오 하야 如是漸修行하면

一切悉淸淨하야 不動徧法界며

無作止任滅이요 亦無能證者며

一切佛世界로 猶如虛空華하야

三世悉平等하야 畢竟無來去니

初發心菩薩과 及末世衆生이

欲求入佛道인대 應如是修習이니라.

이 절은 몸과 마음이 환임을 잘 알고 앞의 관법 방편 등의
수행을 하면 깨끗하여 동요하지 아니하고 법계에 두루 할
것이며, 네 가지 병(作止任滅病)도 없고, 증득할 자도 없고,
부처님 세계(佛覺世界)도 헛꽃과 같아서 곧 중생 · 보살과
불각자(佛覺者)도 넘어선 자리가 여의자(如意者 · 如來)라,
3세(世 · 過現未)가 다 평등하여 오고 감이 없는 경계에 이
른 여래(如來) 원각(圓覺) 경지이니, 불도를 구하고자 하면,
'마땅히 이와 같이 닦을지니라' 한 것이 이 절의 요지입니다.
곧 앞에 말한 관법으로 닦아 수증(修證)하라 하여서 문관행
(問觀行)에 답을 해 마친 것입니다. 이 관행으로 누구나 가
지고 있는 원각성 곧 불성을 증득하여 불과(佛果)를 성취하
라 하니 부처에 대한 세 가지 의문을 물은 다음 금강장보살
의 물음을 잘 살펴보십시요.

⑸ 금강장보살장(金剛藏菩薩章) [세 가지 의혹을 변론함(辯三惑)]

① 이에 금강장보살이 대중 가운데 있다가 곧 자리에서 일

어나 부처님 발에 절하고, 오른 편으로 세 번 돌고 무릎을 꿇어 손을 모아 합장하고 부처님께 사뢰오되, "대비하신 세존이시여! 모든 보살 대중을 위하여 여래의 원만한 깨달음의 깨끗한 큰 다라니와 인지에서 행하던 법의 방편 점차를 잘 드러내어 말씀하여 주시여, 모든 중생과 더불어 몽롱하고 우매함을 깨우쳐 주시니, 저희들 법을 듣는 대중이 부처님의 자비하신 가르침을 받아 환의 가리움(幻翳)이 밝아지어 지혜 눈을 깨끗하게 하였습니다."

於是에 金剛藏菩薩이 在大衆中이라가 卽從座起하야 頂禮佛足하시며, 右繞三匝하시고 長跪叉手하야 而白佛言하사오되, 大悲世尊이시여, 善爲一切諸菩薩衆하사 宣揚如來의 圓覺淸淨大多羅尼와 因地法行漸次方便하사 與諸衆生으로 開發蒙昧하시니, 在會法衆이 承佛慈誨하야사 幻翳朗然하사 慧目이 淸淨하나이다.

이 절은, 금강장보살이 앞에서 원각 대다라니문의 천진(天眞)과 인지(因地)에서 행하던 방편 점차 등을 잘 말씀해 주시어서, '환의 가리움(幻翳)이 밝아지어 지혜 눈을 깨끗하게 하십니다' 하고 찬탄한 것입니다.

[금강장보살]은 일체의 번뇌 혹(惑)을 잘 끊는 비밀장의 상수(上首)가 되는 보살입니다. 금강(金剛)은 능단(能斷)의 의(義)가 있는 것이니, 금강심(金剛心)을 내어 등각보살처럼 잘 수행하는 보살입니다.

[환예(幻翳)]는 환에 의하여 가리워서 몽롱하고 우매하여 눈병 난 사람처럼 바르게 보지 못하는 것입니다.

② "세존이시여! 만약 모든 중생이 본래 부처를 이루었다면 무슨 까닭으로 다시 일체 무명중생이 있으며, 만약 모든 무명이 중생에게 본래 있는 것이라면 무슨 까닭으로 여래께서 다시 본래 부처라 하시며, 시방의 각기 다른 중생들이 본래 불도를 이루고 뒤에 무명을 일으켰다면 일체 여래께서는 어느 때에 다시 일체의 번뇌를 낼 것입니까? 오직 원하건대 막힘 없는 큰 자비로 버리지 마시고 모든 보살들을 위하여 비밀장을 여시어, 말세의 모든 중생을 위하여 이와 같은 일체경전의 깊고 좋은 뜻의 법문을 얻어들어, 의심하고 뉘우치는 마음을 길이 끊게 하여주십시오."

世尊이시여, 若諸衆生이 本來成佛이면 何故로 復有一切無明이며, 若諸無明이 衆生의 本有면 何因緣故로 如來復說本來成佛이라 하시며, 十方異生이 本成佛道코, 後起無明이면 一切如來는 何時에 復生一切煩惱닛고. 惟願不捨無遮大慈하시고 爲諸菩薩하야 開秘密藏하시며 及爲末世一切衆生이 得聞如是修多羅敎了義法門코 永斷疑悔케 하소서.

이 절은 〈물음 1〉 '중생이 본래 부처라면' 어찌 다시 무명 중생이 나며, 〈물음 2〉 '무명이 중생에게 본래 있는 것이라면' 어찌 본래 부처라 하며, 〈물음 3〉 중생이 본래 성불(成

佛·佛性)이 있고 '뒤에 무명(衆生)을 일으켰다면' 부처는 언제 다시 번뇌를 내게 됩니까? 하고 묻는 청법을 한 것입니다. 이 세 가지 의혹을 물은 것을 문삼혹(問三惑)이라고 합니다. 그리고, 보살 화현으로 중생의 몸을 나투는 것은 번뇌를 내는 중생이 아님도 유념하고 잘 살펴나갈 일입니다.

③ 이렇게 말하기를 마치고, 오체를 땅에 대고 절하며 이와 같이 세 번 청하기를 마치고 다시 하려 하시니, 그 때에 세존이 금강장보살에게 말씀하시되, "좋고 좋구나, 착한 남자야! 너희들이 이에 능히 모든 보살과 말세 중생을 위하여 여래의 심히 깊고 비밀한 구경의 방편을 물으니, 이 모든 보살의 가장 높은 가르침이며 이치를 다 말한 대승(大乘)이라, 능히 시방에 배우고 수행하는 보살과 모든 말세의 일체 중생으로 하여금 결정적 믿음을 얻게 하여 의심과 뉘우침을 길이 끊게 하리니, 너 이제 자세히 들어라. 마땅히 너를 위하여 말하리라."

作是語已하시고 五體를 投地하사 如是三請을 終而復始하시니, 爾時에 世尊이 告金剛藏菩薩言하사오되, 善哉善哉라 善男子야, 汝等이 乃能爲諸菩薩과 及末世衆生하야 問此如來甚深秘密究竟方便하나니, 是諸菩薩의 最上敎誨요 了義大乘이라. 能使十方修學菩薩과 及諸末世一切衆生하야 得決定信하야 永斷疑悔하나니 汝今諦聽하라, 當爲汝說하리라.

이 절은, 앞에서 일체 경전의 비밀장인 세 가지 의혹을 물은 데 대하여 법을 설할 것을 승낙한 것입니다.

④ 때에 금강장보살이 승낙하심을 받들어 즐거워하며 모든 대중과 함께 조용히 들으셨다. "착한 남자야! 일체 세계와 시작하고 마침과 나고 멸함과 앞하고 뒤함과 있고 없음과 모이고 흩어짐과 일어나고 그침과 생각 생각의 상속과 돌아가고 돌아옴과 가지가지 취하고 버림이 모두 다 이 윤회니, 윤회에서 벗어나지 못한 채 원만한 깨달음을 분별하면 저 원만한 깨달음의 성품이 곧 유전(流轉)함과 같아서 윤회를 면(免)하고자 해도 옳게 볼 길이 없느니라."

時에 金剛藏菩薩이 奉敎歡喜하사와 及諸大衆과로 黙然而聽하사옵더니, 善男子야 一切世界와 始終生滅과 前後有無와 聚散起止와 念念相續과 循環往復과 種種取捨가 皆是輪廻니 未出輪廻코 而辨圓覺이면 彼圓覺性이 卽同流轉하야 若免輪廻無有是處니라.

이 절은, 앞의 〈물음 1〉에 대한 답을 시작하는 것입니다. '일체 세계와 시작하고 마침'과 나고 멸함, 전후, 유무, 모이고 흩어짐, 일어나고 멈춤, 생각 생각의 상속, 취하고 버림, 일체 현상이 돌고 도는 것이 '모두 다 이 윤회니, 윤회에서 벗어나지 못한 채 원각 만을 분별하고자 하면' 저 원각성(圓覺性)이 유전(流轉)함과 같아서 윤회를 면(免)하고자 해도 옳게 볼 길이 없다는 것입니다. 이 말은 곧 윤회 중생이 원각성을 논(論)하는 것은 희론(戲論)일 뿐 윤회 속에 있는 이는 아무리 옳게 보려고 하여도 옳은 곳이 있지 않다는 것입니다. 그러니까 원각성(佛性)은 본래 부동불괴(不動不壞)자 이니, 윤회하는 속에 있는 자는 분별하거나 볼 수가 없는 것이라는 뜻입니다.

⑤ "비유하건대, 움직이는 눈이 능히 고요한 물을 흔드는 것과 같고, 또 움직임 없는 고요한 눈이 도는 불에 돌아감을 말미암으며, 구름이 달리면 달이 움직이고, 배가 가면 언덕이 옮겨감도 또한 이와 같은 것이니라."

　譬如動目이 能搖湛水하고, 又如定眼이 由廻轉火며, 雲駛月運하고, 舟行岸移로 亦復如是니라.

　이 절은 윤회를 벗어나지 못한 자가 원각을 분별하면, 마치 '구름이 달리면 달이 움직임'과 같아서 원각마저 유전(流轉)하는 것으로 보게 된다는 것이니, 중생 소견으로는 분별하여 알 수가 없다는 것입니다.

⑥ "착한 남자야! 모든 도는 것들이 쉬지 아니하고, 저 돌아가는 물건이 먼저 머물게 함도 가히 얻지 못할 것이어늘, 하물며 나고 죽음에 돌아가는(輪轉) 때 낀 마음이 깨끗하지 못한 채로 부처님의 원만한 깨달음을 봄에 다시 돌아가지 아니하겠는가? 이런 까닭에 너희들이 문득 세 가지 의혹(三惑)을

내게 된 것이니라."

善男子야, 諸旋이 未息코 彼物先住도 尙不可得이온 何況
輪轉生死垢心이 曾未淸淨코 觀佛圓覺에 而不旋復가 是故로
汝等이 便生三惑이니라.

이 절은, 모든 것은 윤전하는 것이니, '저 물건(예컨대 달
하나)이 머물게 함도 오히려 가히 얻지 못할 것이어늘', 하
물며 모든 것이 나고 죽음 또는 일체가 돌고 도는 가운데서
원각성을 헤아릴 수가 있으랴, 중생은 나고 죽음의 길로 돌
고 도는 가운데 있기 때문에 때 긴 마음이 깨끗하지 못한 채
로 원각을 봄에는 원각 자체도 돌아가는 것이니, 알 길이 없
는 것이라 '문득 세 가지 의혹을 내게 된 것'이라는 것입니
다.

⑦ "착한 남자야! 비유하면 환의 가리움(幻翳)으로 망령되
이 헛꽃을 보다가 환의 가리움이 만일에 제거되면 이 가리움
이 이미 멸하였거니, 어느 때에 다시 일어날 것인가 일체 모
든 환의 가리움을 말하지 말 것이니 무슨 까닭인가? 환의 가
리움(눈병)과 헛꽃(몸) 두 법이 서로 기다리지 아니하는 까닭
이니라."

善男子야, 譬如幻翳로 妄見空華라가 幻翳若除커든 不可
說言此翳已滅커니, 何時에 更起一切諸翳오 하리니 何以故
오, 翳華二法이 非相待故니라.

앞의 보안장(普眼절)에서 '중생이 본래 부처(눈병 없는 부처)를 이룬 줄 알라' 하였습니다. 〈물음 1〉에서 '본래 부처면 어찌 다시 중생이 되어 나옵니까?' 하고 물었는데, 여기에서는 그 답을 비유로 '환(幻)의 가리움(翳 · 눈병)으로 망령되이 헛꽃을 보다가 환의 가리움이 제거되면 이 가리움이 멸했거니 어느 때에 다시 일어날 것인가?'(헛꽃이 난다는 자는 눈병 난 자의 말이라는 뜻을 암유하여) 답한 것입니다. 이것은 불변법(不變法) 진리만 들어 알고 수연법(隨緣法) 무상 헛꽃 진리를 잘 모르는 자와 눈병 중생을 깨우쳐 주는 법문입니다. 그리고, 〈물음 2〉의 답으로는 '환의 가리움(눈병)이 만일에 제거되면', 즉 눈병만 나으면 본래 부처라는 것입니다. 곧 이것은 '무명이 중생에게 본래 있는 것이라면 어찌 본래 부처라 합니까?'를 물은 데에 대한 답이니, 이는 수연법 진리만 알고 불변법을 모르기 때문입니다.

이 절은 또한 부처가 중생이 되는 것 등은 다시 말하지 말라는 뜻도 제시하고 있고, 또한 '일체 모든 환의 가리움을 말하지 말 것이니 무슨 까닭인가? 환의 가리움(눈병)과 헛꽃(몸) 두 법이 서로 기다리지 아니하는 까닭'이라 하여, 우주에는 원각성(圓覺性 · 佛性) 곧 변하거나 흔들림이 없는 부동(不動)의 불괴자(不壞者) 하나 뿐이니, '눈병'이나 '몸'이 서로 기다리는 것이 아니라는 뜻을 말하고 있는 것입니다.

⑧ "또한 헛꽃이 허공에서 멸할 때에 가히 허공이 어느 때에 다시 헛꽃을 일으킬 것인가 말하지 말 것이니 무슨 까닭이

냐? 허공이 본래 꽃이 나고 멸함이 없는 까닭이니라. 나고 죽음과 열반이 나고 멸하는 것 같으나, 오묘한 깨달음의 원만한 빛(妙覺圓照)은 헛꽃과 가리움을 여의었느니라.”

亦於空華滅於空時에 不可說言虛空이 何時에 更起空華오 하리니 何以故오. 空本無華코 非起滅故니라. 生死涅槃이 同於起滅이나, 妙覺圓照는 離於華翳니라.

이 절은, ‘헛꽃이 허공에서 멸한 때에 가히 허공이 어느 때에 다시 헛꽃을 일으킬 것인가 말하지 말 것이다’ 하였습니다. 이것은 앞에서 ‘중생이 본래 성불이 있고 뒤에 중생이 되었으면 부처는 다시 언제 번뇌를 내는 중생이 됩니까?’ 하고 물은 〈물음 3〉의 답입니다. 이는 범부와 성인(聖人)의 한계를 혼동하기 때문이라는 것입니다. 다시 말씀하시기를 허공에는 본래 꽃이 없고, 묘각원조(妙覺圓照)는 헛꽃(나고 죽는 몸)과 가리움(눈병)을 이미 여의어 있는 경계라 하였습니다.

⑨ “착한 남자야! 마땅히 알라. 허공이 잠시 있는 것이 아니며, 또한 잠시 없는 것도 아님인데, 하물며 여래의 원만한 깨달음의 오묘한 마음(圓覺妙心)이 허공 평등한 본성이 됨이겠는가.”

善男子야, 當知虛空도 非是暫有며 亦非漸無로 況復如來의 圓覺妙心이 而爲虛空의 平等本性가.

이 절은, 허공 본체도 있다가 없다가 하는 것이 아닌데 하물며 온갖 사물에까지 본성(本性)이 되는 우주의 본성인 원각묘심(圓覺妙心)이 '허공의 평등한 본성이 됨이겠는가'하여 허공의 본성과 비교가 되지 않는다는 것을 말한 것입니다.

⑩ "착한 남자야! 비유하면 금광을 녹이는데 금광이 녹아 금(金)이 있는 것이 아니며, 이미 금을 이루면 거듭 금광의 돌이 되지 아니하고, 무궁한 시간을 지나도 금의 본성은 무너지지 아니하며 응당히 본래 성취한 것이 아니라 말하지 못할 것이니, 여래의 원만한 깨달음도 또한 다시 이와 같으니라."

善男子야, 如銷金鑛에 金非銷有아니며, 既已成金하얀 不重爲鑛이라, 經無窮時하야도 金性은 不壞며 不應說言本非成就니, 如來圓覺도 亦復如是니라.

이 절은, '금광(돌)을 녹이는데 금광(돌이 모두)이 녹아 금(金)이 있는 것'이 아니라 본래 있는 순금이 금광의 돌에서 녹아 나온 것이니, 일단 순금(눈병이 없는 부처)이 되고 나면 다시 금광 돌(눈병 중생)이 되지 않는 것임을 비유하여 설명한 것입니다. 이것은 〈물음 1, 2 ,3〉을 금광 돌에 비유하여 한꺼번에 간략히 제시만 하는 형식으로 답한 것입니다. 먼저 〈물음 3〉은 완전히 알 수 있게 답을 하였으니 곧 '본래 있는 금이 금광 돌에서 금만을 녹여 순금(가리운 것 없는 부처)이 되면 다시 금광 돌(가리움이 있는 중생)이 되

지 않는다' 하고, 〈물음 2〉의 답은 금광 돌에서 금만 들어났
으니 (가리운 것이 제거되어) 본래 금(부처)이 아니냐는 것
입니다. 〈물음 1〉의 답은 '금광 돌이 녹아 금을 이루는 것이
아니며' 라고 하여 본래 금이 있는 것(가리운 것이 제거된
부처)을 제시한 것입니다.

⑪ "착한 남자야! 모든 여래의 오묘하고 원만한 깨달음의
마음은 본래 보리와 열반이 없으며, 또한 성불(成佛)과 성불
아님이 없으며, 망령된 윤회 및 윤회 아님도 없는 것이니라."

　善男子야, 一切如來의 妙圓覺心은 本無菩提와 及與涅槃
이며, 亦無成佛과 及不成佛이며, 無妄輪廻와 及非輪廻니라.

　이 절은, '오묘한 원각심은 본래 보리와 열반'이 없으며,
'성불과 성불 아님'도 없고, '망령된 윤회와 윤회 아님도 없
는 것'이라 함은, 무명(無明)을 고쳐 보리(菩提)를 이루고,
생사를 고쳐 열반(涅槃)을 이루나, '무명'은 눈병 같고, '생사'
는 허공꽃과 같아서 본래에 없는 것임을 안다면 여래의 깨
끗한 원각에는 '보리'도 '열반'도 없고, '생사'도 '생사 아님'도
'윤회'도 '윤회 아님'도 없음을 알게 되는 것이니, 원각에는
그런 명상(名相)과 언어(言語)의 길이 끊기어 없는 것이기
때문인 것입니다. '생(生)'을 뒤집어 논 것이 '보리'이고 '사
(死)'를 뒤집어 논 것이 '열반'임을 알 때에 생사와 열반·보
리가 둘이 아님은 짐작할 것이나, 원각성은 가히 알 길이 없
고, 알아도 무어라 말을 할 수는 없는 것입니다.

⑫ "착한 남자야! 대저 모든 성문(聲聞)의 원만한 경계로 몸과 마음과 말이 모두 다 끊어져 멸하여서 마침내 능히 저희 스스로 증득하여 나타난 경계로도 열반에 이르지 못하였거늘, 하물며 능히 생각이 있는 마음으로 여래의 원만한 깨달음의 경계를 헤아릴 수 있으리요."

善男子야, 但諸聲聞의 所圓境界로 身心語言이 皆悉斷滅하야 終不能至 彼之親證所現涅槃이온 何況能以有思惟心으로 測度如來의 圓覺境界리오.

이 절은, 성문(聲聞)의 경계가 '몸과 마음(輪廻身心)과 말(言語)이 모두 끊어져 멸'하여서 증득한 대원경지(大圓鏡智)의 지자(智者)인 아라한(阿羅漢) 성문 경지 큰 열반인 원각성에는 들어가 본 일이 없기 때문에 알 수가 없는 것이어늘, 하물며 무명 중생의 분별식 마음으로 여래의 원각 경계를 헤아릴 수가 있겠느냐 라고 하여 중생의 소견으로 알 길이 없다는 것이니, 또한 이것은 윤회 속에 있는 무명 중생은 분별식으로 알려고 하거나 희론(戲論)을 말라, 그저 닦아서 원각을 증득하라는 제시가 있는 것입니다.

⑬ "반딧불을 취하여 수미산을 태우려 함과 같아서 마침내 능히 불을 붙이지 못할 것이니, 윤회하는 마음으로 윤회하는 소견을 내어서 여래의 큰 적멸의 바다에 들어감은 마침내 이르지 못할 것이니, 이러한 고로 내가 일체 보살과 말세 중생

이 먼저 끝없는 윤회의 근본 뿌리를 끊어라 하느니라."

如取螢火燒須彌山에 終不能着하야 以輪廻心으로 生輪廻
見하야 入於如來大寂滅海는 終不能至니, 是故我說一切菩薩
과 及末世衆生이 先斷無始輪廻根本하라 하노라.

이 절은, 윤회 중생의 견해로써 원각성을 알려고 하거나
적멸 열반에 들어가고자 하면 반딧불로 수미산을 태우려 함
과 같아 이루어지는 것이 아니므로, 오직 수행으로 닦아서
윤회의 근본 뿌리를 먼저 끊어야 한다는 것입니다.

⑭ "착한 남자야! 지음이 있는 생각은 있는 마음으로 좇아
서 일어나나니, 이것이 다 육진 티끌 망상 기운이요 실로 마
음의 본체가 아닌 것으로, 이미 허공꽃과 같은 것이어늘, 이
생각함을 써서 부처님 경계를 분별함이 허공꽃에 다시 허공
열매 맺음을 바라는 것과 같은지라, 굴리고 굴리는 망상이니
옳은 곳이 있을 리가 없는 것이니라."

善男子야, 有作思惟가 從有心起하나니, 皆是六塵의 妄想
緣氣요 非實心體로 已如空華커늘 用此思惟하야 辨於佛境이
猶如空華에 復結空果나 展轉妄想이 無有是處니라.

이 절은, '생각함을 써서 부처님 경계를 분별함이 허공꽃
에 다시 허공열매 맺음을 바라는 것과 같다' 하였으니, 곧 부

처 경계는 분별하는 사유로써 따져 들어가면 마치 허공꽃이 다시 허망한 열매를 더 맺는 것 같아서 더욱 더 망상만이 커질 뿐이요, 옳은 곳이 조금도 있을 리가 없다는 것입니다.

⑮ "착한 남자야! 허망한 뜬 마음이 모든 교묘한 견해가 많아서 능히 원만한 깨달음의 방편을 성취하지 못하게 하나니, 이와 같이 분별함이 바른 물음이 되지 못하느니라."

善男子야, 虛妄浮心이 多諸巧見하야 不能成就圓覺方便하나니, 如是分別이 非爲正問이니라.

이 절은, '허망한 뜬 마음이 모든 교묘한 견해가 많아서' 깨달음의 성취를 방해하는 것이라, 네가 물은 이(三惑) 분별하는 물음이 바른 물음이 아니라 하고, 다시는 이런 비밀장을 묻지 말 것이며, 오직 닦기만 하라는 것을 제시한 것입니다. 이것으로써 〈물음 1, 2, 3〉에 대한 답이 모두 끝난 것입니다.

㉚ 그 때에 세존이 이 뜻을 거듭 펴고저 하여 게송으로 말씀하셨다.

"금강장아, 마땅히 알라. 여래의 적멸 성품(寂滅性)은 일찍이 비롯함과 마침이 있지 아니한지라, 만약 윤회하는 마음으로써 생각하면 곧 다시 돌아서 다만 윤회함을 지음에 이르고,

79

능히 부처님 바다에 들어가지 못할 것이니라. 비유하면 금광을 녹이는데

금광(金鑛)이 녹아 금이 있음이 아님과 같으며, 비록 본래 금이나

마침내 녹음으로써 성취하고, 한 번 참 금을 이루면

다시 거듭 금광 돌이 되지 아니 하나니라. 남과 죽음과 열반과

범부 및 모든 부처님이 한 가지 허공꽃 모양이 되느니라.

생각도 오히려 헛꽃이어니, 어찌 하물며 허망한 희론으로 힐난을 할 것이리오.

만약에 능히 이 마음을 알면, 그러한 뒤에 원만한 깨달음을 구할 것이니라."

爾時에 世尊이 欲重宣此義하사 而說偈言하사오되,
金剛藏아 當知하라. 如來寂滅性은
未曾有終始라 若以輪廻心으로
思惟하면 卽旋復하야 但至輪廻際요,
不能入佛海니라. 譬如銷金鑛에
金非銷故有며 雖復本來金이나
終以銷成就하고, 一成眞金體하얀
不復重爲鑛이니라. 生死與涅槃과
凡夫及諸佛이 同爲空華相이라.
思惟도 猶幻化어니 何況詰虛妄가
若能了此心하면 然後求圓覺이니라.

이 절은 본 장의 요지이니, 여래의 적멸 성품(寂滅性·圓覺性)은 '윤회하는 마음으로써 생각하면(분별하면)' 다시 윤회함을 지을 뿐 부처가 될 수 없는 것이라는 말입니다. 비유하자면, 금광 돌을 녹이는데 금광 돌이 다 녹아 금(金·佛)이 있음이 아님과 같으며, 비록 본래 금(金·佛)이나 마침내 금만 녹음으로써 성취(순금·成佛)하고 한번 순금(부처)을 이루면 다시 거듭 금광(돌·중생)이 되지 아니 한다는 것입니다. 그리고 '남과 죽음과 열반과 범부 및 모든 부처님이 한가지 허공꽃 모양이 되느니라. 생각함(윤회의 근본인 思惟心) 자체도 오히려 허공꽃이어니, 어찌 하물며 허망한 희론으로 힐난을 할 것인가' 하여 윤회의 근본인 그 사유심 생각부터 끊으라는 뜻을 말하고, 만약 능히 이 마음을 알면, 그러한(윤회를 끊은) 뒤에 원만한 깨달음을 구할 것이니라 하는 것이 요지입니다. 이 장은 세 가지 의문을 변론(辯三惑)한 것입니다. 그리고 여기서 이런 희론(戲論)을 다시는 하지 말라 함은, 이 이상 더 알려고 하는 것은 희론이라는 뜻입니다.

그러면 다음 미륵장에서 어떻게 윤회의 근본을 끊어야 하는지 살펴보기로 하겠습니다.

(6) 미륵보살장(彌勒菩薩章) [윤회를 끊음(斷輪廻)]

① 이에 미륵보살이 대중 가운데 있다가 곧 자리에서 일어나 부처님 발에 절하고, 오른 편으로 세 번 돌고 무릎을 꿇고 손을 모아 합장하며 부처님께 사뢰오되, "세존이시여! 널리

보살을 위하여 비밀장을 열으시어 모든 대중으로 하여금 윤회를 깊이 깨달아서 삿된 것과 바른 것을 분별하게 하시며, 능히 말세의 모든 중생에게 두려움이 없는 도안(道眼)을 베푸시어 큰 열반에 결정적인 믿음을 내어, 거듭 되는 윤회의 경계를 따라서 순환하는 견해를 내지 않게 하셨습니다."

於是에 彌勒菩薩이 在大衆이라가 卽從座起하야 頂禮佛足하시고 右繞三匝하시고 長跪叉手白佛言하사오되, 大悲世尊이시여, 廣爲菩薩開秘密藏하사 令諸大衆으로 深悟輪廻하야 分別邪正케 하시며, 能施末世一切衆生에 無畏道眼하사 於大涅槃에 生決定信케 하시며, 無復重隨輪轉境界하야 起循環見케 하시었나니라.

이 절은 미륵보살이 청법의 예절을 갖추고 '윤회를 깊이 깨닫게' 하여 사(邪)와 정(正)을 분별하게 하고, '중생에게 두려움이 없는 도안(無畏道眼)을 베푸시어 대열반의 결정적인 믿음'을 내게 하여서 윤회의 돌고 도는 견해를 내지 않게 하시었습니다 하며 찬탄한 것입니다.

[미륵보살은 온 세계의 구세주(救世主)로서 윤회중생을 제도한다는 본원이 상수(上首)가 되는 보살로서 석가모니 부처님 다음에 출현할 미륵불(彌勒佛)이라고 경전에 전해오고 있습니다.

② "세존이시여! 만약 모든 보살과 말세 중생이 여래의 큰 적멸 바다에 이르고자 하오면 어떻게 마땅히 윤회의 근본을 끊으며, 모든 윤회에 몇 가지 성품이 있으며, 부처님의 보리를 닦음에 몇 등급의 차별이 있사오며, 언짢은 티끌 세상에 되돌아 들어오고자 함에는 마땅히 몇 가지 교화 방편을 베풀어야 모든 중생을 제도하게 되오리까?"

世尊이시여, 若諸菩薩과 及末世衆生이 欲遊如來의 大寂滅海인댄 云何當斷輪廻根本이며, 於諸輪廻에 有幾種性이며, 修佛菩提에 幾等差別이며, 廻入塵勞에 當設幾種敎化方便하야 度諸衆生이닛고.

이 절은, 〈물음 1〉 '어떻게 마땅히 윤회의 근본을 끊으며', 〈물음 2〉 '윤회에 몇 가지 성품이 있으며', 〈물음 3〉 '보리를 닦음에는 몇 등급의 차별이 있으며', 〈물음 4〉 보살이 세간에 화현(化現)하여 중생을 제도함에는 '몇 가지 교화 방편을 베풀어야 하는가'에 대해 질문한 것입니다.

③ "오직 원하건대, 세상을 구제하는 대비행을 버리지 마시어 모든 수행하는 일체 보살과 말세 중생으로 하여금 지혜 눈이 맑아지어 마음거울이 밝게 비치어서, 여래의 위없는 지견을 뚜렷이 깨닫게 하여 주소서."

惟願不捨救世大悲하사 令諸修行一切菩薩과 及末世衆生

으로 慧目蕭淸하야 照耀心鏡하야 圓悟如來의 無上知見케
하소서.

이 절은, 수행하는 자 '지혜 눈이 맑아지고 마음 거울을
밝게 하여 여래의 위없는 지견(知見)을 뚜렷이 깨닫게 하여
주옵소서' 하고 청법을 한 것입니다.

[무상지견(無上知見)]은 부처님이 일체 번뇌의 속박에서
벗어난 자유자재한 몸인 줄을 아는 해탈지견(解脫知見)입니
다.

④ 이 말하기를 마치고, 오체를 땅에 대고 절하며 이와 같
이 세 번 청하기를 마치고 다시 하려 하시니, 그 때에 세존이
미륵보살에게 말씀하시되, "좋고 좋구나, 착한 남자야! 너희
들이 이에 능히 모든 보살과 말세 중생을 위하여 여래의 깊고
오묘하고 비밀하고 미묘한 뜻을 물어서, 모든 보살로 하여금
지혜 눈이 맑고 깨끗하게 하며, 일체의 말세 중생으로 하여금
윤회를 길이 끊고 마음에 실상을 깨달아서 남이 없는 무생법
인(無生忍)을 갖추게 할 것이니, 너 이제 자세히 들어라. 마땅
히 너를 위하여 말하리라."

作是語已하시고 五體를 投地하사 如是三請을 終而復始하
시니, 爾時에 世尊이 告彌勒菩薩言하사오되, 善哉善哉라 善
男子야, 汝等이 乃能爲諸菩薩과 及末世衆生하야 請問如來

의 深奧秘密微妙之義하야 令諸菩薩로 潔淸慧目케 하며, 及令一切末世衆生으로 永斷輪廻하고 心悟實相하야 具無生忍케 하나니, 汝今諦聽하라. 當爲汝說하리라.

이 절은, 중생들로 하여금 지혜 눈을 밝게 하며, '윤회를 끊고 마음의 실상을 깨달아(悟)서 남이 없는 무생법인(無生忍·無生法忍)을 갖추게 할 것'이라 하여, 법을 설할 것을 승낙한 것입니다.

[무생인(無生忍)]은 무생법인(無生法忍)의 준말로써, 불생 불멸하는 법성의 실상을 깨달아 인지(認知)하고, 거기에 안주하여 움직이지 않는 위(位)니, 8·9지(地) 보살 등의 깨달음입니다. 생멸이 없는 도리(道理)를 확실히 증득(證得)하여 아는 지혜입니다.

⑤ 때에 미륵보살이 승낙하심을 받들어 즐거워하며 모든 대중과 함께 조용히 들으셨다. "착한 남자야! 모든 중생이 시작이 없는 때로 좇아 가지가지의 은혜와 사랑과 탐욕이 있음으로 말미암아 윤회가 있는 것이니라."

時에 彌勒菩薩이 奉敎歡喜하사와 及諸大衆과로 黙然而聽하사옵더니, 善男子야, 一切衆生이 從無始際로 由有種種恩愛貪欲일새 故有輪廻니라.

이 절은, 〈물음 1〉에 대한 답입니다. '가지가지의 은혜와

85

사랑과 탐욕이 있음으로 말미암아 윤회가 있는 것'이니, 은혜와 사랑과 탐욕이 윤회의 근본이므로 수행하여 끊어야 한다는 제시가 있는 것입니다.

⑥ "모든 세계의 일체 종류의 성품들은 모두 알에서 나는 것, 태에서 나는 것, 습기에서 나는 것, 화하여 나는 것들이다. 음욕을 원인으로 하여 제 품성의 목숨을 바로 태어나느니, 마땅히 알아라. 윤회는 애욕(愛)이 근본이 되고 모든 욕심이 있음으로 말미암아 사랑의 성품을 도와 발생하는 것이라, 이런 연고로 능히 나고 죽음으로 하여금 상속하게 하는 것이니라."

若諸世界一切種性에 卵生 胎生 濕生 化生이 皆因淫欲하야 而正性命하나니, 當知輪廻가 愛爲根本이요 由有諸欲이 助發愛性일새 是故로 能令生死相續이니라.

이 절은, 일체 윤회 성품이 태·난·습·화(胎卵濕化) 네 가지로 '음욕(淫欲·사랑)을 원인으로 하여 태어난다' 하고, '윤회는 애욕(愛欲)이 근본'이 되어 나고 죽음을 상속한다 하여, 〈물음 2〉의 답으로 윤회의 4종 성품을 설명하였습니다. 다시 말하면, 윤회의 원인은 애(愛)라는 것입니다.

⑦ "욕심은 사랑으로 인하여 생기고 목숨은 욕심으로 인하여 있으나, 중생의 목숨을 사랑함이 도리어 욕심의 근본을 의

지하는 것이니, 사랑하는 욕심이 원인이 되고 목숨을 사랑(愛
命·兒愛)함이 결과가 되는 것이니라."

　欲因愛生하고 命因欲有나 衆生의 愛命이 還依欲本일새,
愛欲이 爲因이요 愛命이 爲果니라.

　이 절은, '욕심은 사랑으로 인하여 생기고, 목숨은 욕심으
로 인하여 있다', '사랑하는 욕심이 원인이 되고, 목숨을 사
랑(愛命·애기 사랑)함이 결과(結果)가 된다' 하여 애욕(愛)
이 윤회의 근본임을 다시 밝힌 것입니다.

　⑧ "하고자 하는 마음의 경계에 따라 여러 가지 어김(違)과
순응(順)함이 일어나는 것이니, 경계가 사랑하는 마음을 등지
면 미움과 질투가 생겨나 가지가지 업을 짓게 되나니 이런 까
닭으로 다시 지옥과 아귀를 낳고, 하고자 함을 가히 싫어할
줄을 알아서 업을 싫어하는 도리를 사랑하게 되어 악을 버리
고 선을 즐거워하면 다시 천상과 인간을 나투는 것이요, 또
모든 애욕을 가히 싫어하고 미워할 줄을 아는 연고로 애욕을
버리기를 즐거이 할 지라도 도리어 애욕의 근본을 더할 뿐이
라, 문득 함이 있는 법의 가장 높은 선과(增上善果)를 나툴지
라도 다 윤회인고로 성도(成道)를 이루지 못하느니라."

　由於欲境하야 起諸違順하나니, 境背愛心하면 而生憎嫉하
야 造種種業하나니, 是故로 復生地獄餓鬼요 知欲可厭하야

愛厭業道하야 捨惡樂善하면 復現天人이요, 又知諸愛가 可
厭惡故로 棄愛樂捨라도 還滋愛本이라. 便現有爲增上善果라
하나 皆輪廻故로 不成聖道니라.

　이 절은, 하고자 하는 욕심(欲)이 원인이 되어 '업(業)'을
짓나니(作病)' 악업을 지어 '지옥과 아귀를 낳고', 선업을 지
어 '천상과 인간으로 태어나며', 애욕을 버리기를 좋아한다
해도 '애욕의 근본을 더할 뿐'이며, 선을 좋아하여 '함이 있
는 법의 가장 높은 선과(增上善果 · 無色界天果)를 나툴지라
도' 그 경계의 천(天)은 윤회하므로 성불을 못한다는 것입니
다.

　[증상선과(增上善果)]는 증상심(增上心)으로 선과(善果)
를 얻은 경계니, '증상심'이란, 세력이 강한 정심(定心)을 말
하는 것입니다. 여기 유위법(有爲法) 중의 '증상선과'라 하
는 것은 유위법 중의 가장 높은 하늘인 3계(界) 중의 무색계
천(無色界天)을 뜻하는 것이나, 이 하늘 사람도 장수(長壽)
는 하지만 윤회를 하는 것입니다.

⑨ "이런고로 중생이 나고 죽음을 벗어나 모든 윤회를 면하
고저 하면 먼저 탐욕을 끊고 애욕의 목마름(愛渴)을 제거해야
할 지니라. 착한 남자야! 보살이 변화하여 세간에 나투어 보
이심은 애욕이 근본이 됨이 아니라, 다만 자비로써 저들로 하
여금 애욕을 버리게 하려는 것임에 모든 탐욕(父母의 몸)을
거짓으로 빌려서 나고 죽음에 들어가느니라. 만약 모든 말세

의 일체 중생이 능히 모든 욕심을 버리고, 미워하고 사랑함을
제거하여 윤회를 길이 끊고, 여래의 원만한 깨달음의 경계를
부지런히 구하여 닦으면, 깨끗한 마음에 문득 깨달음을 얻을
것이니라."

是故로 衆生欲脫生死하고 免諸輪廻인댄 先斷貪慾하고 及
除愛渴이니라. 善男子야, 菩薩이 變化하야 示現世間은 非愛
爲本이라, 但以慈悲로 令彼捨愛나 假諸貪慾하야 而入生死
니라. 若諸末世一切衆生이 能捨諸欲하고, 及諸憎愛하야 永
斷輪廻하고 勤求如來의 圓覺境界하면 於淸淨心에 便得開悟
하리니라.

이 절은, '윤회를 면(免)하고저 하면 먼저 탐욕을 끊고 애
갈(愛渴)을 제거' 하여야 함과, 보살들의 화현은 탐욕(父母
의 몸)을 거짓으로 빌리나, 탐 · 애를 내는 사랑의 근본이 아
니라 하고 증 · 애(憎愛)를 제거하여 윤회를 끊고 깨달음을
얻어라 한 것입니다.

이 절은 〈물음 2〉의 답이 끝나는 자리이니, 곧 윤회 성품
은 '태 · 난 · 습 · 화'이고, 보살의 화현은 태(胎)를 빌리나,
탐 · 애를 내는 사랑의 근본이 아니라 한 것입니다.

⑩ "착한 남자야! 일체 중생이 근본 탐욕을 말미암아 무명
(無明)을 드러내어 오성(五性)의 차별 등으로 모두 같지 아니
함을 나타내는데, 두 가지 장애를 의지하여 깊고 얕음을 드러

내나니, 어떠한 것이 두 가지 장애인가? 첫째는 이장(理障)이
니 바른 지견을 막고, 둘째는 사장(事障)이니 모든 나고 죽음
을 이어가느니라."

善男子야, 一切衆生이 由本貪慾하야 發揮無明하야 顯出
五性差別不等하되, 依二種障하야 而現深淺하나니, 云何二
障고. 一者는 理障이니 礙正知見이요, 二者는 事障이니 續
諸生死니라.

이 절은, 〈물음 3〉에 대해 답하는 것입니다. 무명 중생의
수행에 '두 가지 장애를 의지하여 깊고 얕음을 따라' 5성차
별이 있는 것이니, 그 하나는 이장(理障)이고, 다른 하나는
사장(事障)이라 한 것입니다.
[이장(理障)]은 정지견(正知見)을 장애하는 혹(惑)이니,
소지장(所知障·所知의 장애) 또는 내장(內障)이라고 합니
다.
[사장(事障)]은 나고 죽음을 상속하는 번뇌, 실제상의 장
애. 형태를 가지고 있는 것으로서의 장애. 번뇌장(煩惱障)
또는 외장(外障)이라고 합니다.

⑪ "무엇을 5성(五性)이라고 하는가? 착한 남자야! 만일 이
두 가지 장애를 끊어 멸함을 얻지 못하면 그 이름이 부처를
이루지 못한 자(未成佛者)요, 만약 모든 중생이 길이 탐욕을
버리고 먼저 사장(事障)은 제거하였으나, 아직 이장(理障)을

끊지 못하였다면 다만 성문이나 연각에 깨달아 들어간 것이요, 보살의 경계에 나투어 머물지 못한 것이니라."

云何五性고, 善男子야. 若此二障으로 未得斷滅하면 名未成佛이요, 若諸衆生이 永捨貪慾하고 先除事障이나 未斷理障이면 但能悟入聲聞緣覺이요, 未能顯住菩薩境界니라.

이 절은, 5성차별에 대해 말하기 시작한 것입니다. 5성(五性)이란, (1)미성불자(未成佛者)니 이장(理障)과 사장(事障)을 멸하지 못한 자이고, (2)성문(聲聞)과 연각(緣覺)이니 곧 사장(事障)은 제거했으나 이장(理障)을 멸하지 못한 자입니다. 성문(聲聞)은 견혹(見惑)과 사혹(思惑)의 '사장'을 끊고 '이장'은 멸하지 못한 것이고, 연각(緣覺)은 12인연(因緣)을 깨달아 방황을(事障) 끊고 이법(理法)을 증득하는 것(斷惑證理)이라고 사전에는 밝히고 있습니다.

⑫ "착한 남자야! 만약 모든 말세의 일체 중생이 여래의 크고 원만한 깨달음의 바다에 뜨고자 하면, 먼저 마땅히 원을 발하여 부지런히 두 가지 장애를 끊을지니, 두 가지 장애를 이미 굴복(伏·順斷)하게 되면 곧 능히 보살의 경계에 깨달아 들어간 것이요, 만약 이장(理障)과 사장(事障)을 길이 끊어(永斷) 멸하면 곧 여래의 미묘하고 원만한 깨달음에 들어가서 보리와 큰 열반에 만족할 것이니라."

善男子야, 若諸末世一切衆生이 欲汎如來의 大圓覺海인댄 先當發願하야 勤斷二障이니, 二障을 已伏하면 即能悟入菩薩境界요, 若事理障을 已永斷滅하면 即入如來의 微妙圓覺하야 滿足菩提와 及大涅槃이니라.

이 절은, (3)보살이니, 곧 이·사장(理事障) 두 장애를 이미 굴복(伏·順斷)시킨 자요, (4)부처(佛陀)니, 곧 2장(二障)을 영원히 끊어 멸(永斷)한 여래입니다.

[순단(順斷)]은 수행 계위 12위(位)를 차례로 끊어 올라가서 다 마친 것을 굴복 또는 순단(順斷)이라 합니다. 보살(新薰菩薩)은 순단자입니다.
[영단(永斷)]은 12위를 순단(順斷)한 뒤에 다시 역류(逆流) 수행하여 습기마저 모두 여읜 것으로 여래를 영단자라 합니다.

⑬ "착한 남자야! 일체 중생이 다 원만한 깨달음을 증득할 수 있나니, 선지식을 만나서 그가 지은 바 인지에서 행하던 법을 의지할 것이며, 이 때에 닦고 익히던 길이 문득 돈문(頓門)과 점문(漸門)이 있었으니(如來因地法行), 만약 그런 위없는 보리의 바른 수행의 길을 만나게 되면, 근기의 크고 작음이 없이 모두 다 불과(佛果)를 이룰 것이요,

善男子야, 一切衆生이 皆證圓覺이니, 逢善知識하야 依彼所作因地法行이며, 爾時修習이 便有頓漸하니 若遇如來의

92

無上菩提正修行路하면, 根無大小히 皆成佛果요,

이 절은, '일체 중생이 다 원만한 깨달음을 증득'할 수 있는 것이니, 선지식(正法 스승)을 만나 여래의 인지법행(因地法行)의 바른 수행을 하면 근기의 크고 작음에 무관하게 모두 다 불과(佛果)를 이룰 수 있다는 것입니다.

⑭ 만약 모든 중생이 비록 착한 벗을 구하지만 삿된 지견자를 만나서 바른 깨달음을 얻지 못하면 이것이 곧 이름이 외도종성(外道種性)이니, 삿된 스승의 허물이요 중생의 허물이 아니니라. 이것을 이름하여 중생의 오성차별이라 하느니라."

若諸衆生이 雖求善友나 遇邪見者하야 未得正悟하면 是則名爲外道種性이니, 邪師의 過謬요 非衆生咎과 是名衆生의 五性差別이니라.

이 절은, 5성(五性)의 (5)는 외도종성(外道種性)이니, 곧 삿된 지견자를 만나 바른 깨달음을 얻지 못한 자입니다. 다시 말하면 (1)미성불자, (2)성문과 연각, (3)보살, (4)부처, (5)외도종성의 5성차별(性差別)에 대해 설명한 것입니다. 이것은 〈물음 3〉의 답입니다.

⑮ "착한 남자야! 보살이 오직 대비의 방편으로써 모든 세간에 들어가서 깨치지 못한 이를 깨우쳐 열어주되, 여러 가지 형상을 나투어 보이어 역경과 순경의 경계에서 그들로 더불

어 같이 일하며 교화하여 부처를 이루게 함은 다 비롯함이 없는 깨끗한 원력을 의지함이니라. 모든 말세의 일체 중생이 크고 원만한 깨달음에 더 향상할 마음을 일으키려 하면 마땅히 보살의 깨끗한 큰 원을 내어서 응당 이러한 말을 하여야 할지니라. 원하건대 이제 저의 몸이 부처님의 원만한 깨달음에 머물고자 하여 선지식(善知識)을 구하되 외도 및 성문 연각의 이승을 만나지 아니하고, 원을 의지하여 보살행을 닦아서 점차 모든 장애를 끊어 장애가 다하고 원이 가득 차면 문득 해탈의 깨끗한 법당에 올라 크고 원만한 깨달음의 오묘한 장엄 지역을 증득하리라.”

善男子야, 菩薩이 唯以大悲方便으로 入諸世間하야 開發未悟하되 乃至示現種種形相하야 逆順境界에 與其同事하야 化令成佛은 皆依無始清淨願力이니 若諸末世一切衆生이 於大圓覺에 起增上心인댄 當發菩薩의 清淨大願하야 應作是言하되 願我今者住佛圓覺하야 求善知識하되 莫值外道와 及與二乘하리라 하야 依願修行하야 漸斷諸障하면 障盡願滿에 便登解脫清淨法殿하야 證大圓覺하야 妙莊嚴域하리라.

이 절은, 〈물음 4〉에 답한 것입니다. 보살은 화현(化現)하여 ‘여러 가지 형상을 나투어 보이어 역경(逆境)과 순경(順境)의 경계에서’ 중생과 같이 일하며 여러 가지 교화 방편으로 부처를 이루게 하며, 중생은 보살행의 원을 세워 보살 선지식을 구하되, 외도 및 성문 연각을 만나지 말고, 바

른 보살행을 발원하며, 보살행의 바른 법대로 수행하면 원
각의 오묘한 장엄지역을 증득하게 된다는 뜻입니다.

圈 그 때에 세존이 이 뜻을 거듭 펴고자 하여 게송으로 말씀
하시되,

"미륵아, 네 마땅히 알라. 일체 모든 중생이
　큰 해탈을 얻지 못함은 다 탐욕으로 말미암은 까닭으로서
　나고 죽음에 떨어지나니라. 만약 능히 밉고 사랑스러움과
　탐내고 성내고 어리석음을 끊으면 차별 성품에 구애되지
아니하고,
　모두 부처의 도를 얻어 이루나니라. 두 장애를 길이 소멸하
고
　스승을 구하여 바른 깨달음을 얻고 보살의 서원을 순히 좇
으면
　큰 열반에 의지할 것이니라. 시방의 모든 보살이
　다 대비의 원력으로써 나고 죽음에 들어감을 나투어 보이
시느니라.
　현재 수행하는 자와 말세 중생이
　부지런히 모든 사랑하는 견해(愛見)를 끊으면 문득 크고 원
만한 깨달음(大圓覺)에 돌아가게 되느니라."

　爾時世尊이 欲重宣此義하사 而說偈言하사오되
　彌勒아 如當知하라 一切諸衆生이

不得大解脫은 皆由貪欲故로
墮落於生死니라 若能斷憎愛와
及與貪瞋癡하면 不因差別性하고
皆得成佛道니라 二障을 永銷滅하야
求師得正悟하고 隨順菩薩願하면
依止大涅槃이니라 十方諸菩薩이
皆以大悲願으로 示現入生死니라
現在修行者와 及末世衆生이
勤斷諸愛見하면 便歸大圓覺하리라.

이 절은 본 장의 요지입니다. '해탈을 얻지 못함은 탐욕(貪慾)' 때문이라 하고, 애욕(愛欲·윤회根本)과 탐·진·치 3독(毒)을 끊으면 차별 성품에 구애되지 아니하고 누구나 성불하는 것이니, 사장(事障)과 이장(理障)을 끊으라 하고, 모든 것 사랑하는 애견(愛見)을 끊으면 원각에 돌아간다 한 것이고, 또는 보살이 화신하여 중생을 교화하는 것도 제시한 것입니다.

※이 장은 윤회를 끊으라(斷輪廻) 한 것이니, 요지는 初절과 같습니다. 그리고 윤회 성품이 남은 음욕(淫欲)이 사랑의 원인이 되고, 윤회함은 애욕(愛欲)이 근본이라 하고, 탐욕이 사랑 성품을 도와서 나고 죽는 윤회를 한다 하고, 윤회를 끊으려면 탐욕과 애갈(愛渴)을 제거하라 하고, 이장(理障)과 사장(事障)을 여의어 애견(愛見)을 끊으면 윤회가 끊어지어서 원각에 돌아간다 한 것 등입니다.

다음 청정혜장은 이 윤회를 끊고 깨달음을 증득하는 수행

분증위(分證位)이니 잘 보고 수행의 길을 바로 선택할 일입니다.

⑺ 청정혜보살장(淸淨慧菩薩章) [증득하는 위를 나눔(分證位)]

① 이에 청정혜보살이 대중 가운데 있다가 자리에서 일어나 부처님 발에 절하고, 오른 편으로 세 번 돌고 무릎을 꿇어 손을 모아 합장하여 부처님께 사뢰오되, "대비 세존이시여! 저희들을 위하여 널리 이와 같이 헤아릴 수 없는 일을 말씀하심은 본래 보지 못한 바 이옵고 본래 듣지도 못한 바이옵니다."

於是에 淸淨慧菩薩이 在大衆中이라가 卽從座起하야 頂禮佛足하시고 右繞三匝하시고 長跪叉手하고 而白佛言하사오되, 大悲世尊이시여, 爲我等輩하사 廣說如是不思議事는 本所不見이요 本所不聞이니다.

이 절은, 청정혜보살이 앞에서 윤회를 끊는 법 등 '헤아릴 수 없는 일(不思議)을 말씀'하여 주신데 대하여 먼저 찬탄하는 것입니다.

[청정혜보살은 깨끗한 혜(慧)의 상수(上首) 보살입니다.

② "저희들은 지금 부처님께서 잘 깨우쳐 주심을 힘입어 몸과 마음이 태연하여져서 큰 이익을 얻었습니다. 원하건대 여

러 곳에서 온 일체 법 자리의 중생들을 위하여 법왕의 원만한 깨달음과 성품을 거듭 말씀하여 주옵소서. 일체 중생 및 모든 보살과 여래 세존의 증득한 바와 얻은 바의 차별은 어떤 것입니까? 말세 중생으로 하여금 이 성현의 가르침을 듣고 순히 좇아 깨달음이 열려서 점차로 차츰 들어가게 하옵소서."

我等은 今者에 夢佛善誘하사 身心이 泰然하야 得大饒益하니다. 願爲諸來一切法衆하사 重宣法王의 圓滿覺性하소서. 一切衆生과 及諸菩薩과 如來世尊의 所證所得이 云何差別이니잇고. 令末世衆生으로 聞此聖敎하고 隨順開悟하야 漸次로 能入케 하옵소서.

이 절은 〈물음 1〉로 '중생 및 모든 보살과 여래 세존의 증득한 바와 얻은 바의 차별(證得差別 · 分證位)은 어떤 것'인가를 질문하여 청법을 한 것입니다.

③ 이 말씀하기를 마치고, 오체를 땅에 대고 절하며 이와 같이 세 번 청하기를 마치고 다시 하려 하시니, 그 때에 세존이 청정혜 보살에게 말씀하셨다. "좋고 좋구나, 착한 남자야! 너희들이 이에 능히 말세 중생을 위하여 여래의 점차 차별을 간청하여 물으니, 너 이제 자세히 들어라. 마땅히 너를 위하여 말하리라."

作是語已하시고 五體投地하사 如是三請을 終而復始하시

니, 爾時에 世尊이 告淸淨慧菩薩言하사오되 善哉善哉라 善
男子야, 汝等이 乃能爲末世衆生하야 請問如來의 漸次差別
이니잇고, 如今諦聽하라. 當爲汝說하리라.

이 절은, '여래의 점차(漸次) 차별'을 간청하여 물으니 수
증(修證)하는 위(位)의 점차 곧 수증위의 분제(分齊)인 분증
위(分證位)를 물은 것에 대해 '자세히 들어라' 하여 법을 설
할 것을 승낙한 것입니다.

④ 때에 청정혜보살이 승낙하시는 가르침을 받들어 기뻐하
며 모든 대중들과 조용히 들으셨다. "착한 남자야! 원만한 깨
달음의 자성은 성품이 아닌 성품이 있는 것이라, 모든 성품을
따라서 일어나는 것임에 취함도 없고 증득함도 없으며, 실상
가운데에는 실로 보살과 모든 중생이 없는 것이니, 어찌하여
그런가 하면 보살과 중생이 다 헛꽃이라, 헛꽃은 멸하는 까닭
으로 취하여 증득할 자가 없나니, 비유하건대 눈 뿌리가 스스
로 눈을 보지 못함과 같아서, 성품은 스스로 평등한 것이나
평등한 자가 없는 것이건만, 중생이 미혹한데 뒤집어져 능히
일체 헛꽃을 멸해 없애지 못하는 것이라, 멸하고 멸하지 아니
하는 망령된 공부를 하는 가운데(功用中)에 문득 차별을 나투
나니, 만약 여래의 적멸에 순히 좇으면 실로 적멸과 적멸할
자가 없는 것이지마는"

時에 淸淨慧菩薩이 奉敎歡喜하사와 及諸大衆과로 黙然

而聽하사옵더니, 善男子야, 圓覺自性이 非性性有라, 循諸性
起일새 無取無證이요, 於實相中엔 實無菩薩과 及諸衆生이
니 何以故오. 菩薩과 衆生이 皆是幻化와 幻化는 滅故로 無
取證者니, 譬如眼根이 不自見眼하야 性自平等이나 無平等
者언마는 衆生이 迷倒하야 未能除滅一切幻化일새, 於滅未
滅妄功用中에 便顯差別이니 若得如來의 寂滅隨順하면 實無
寂滅과 及寂滅者언마는.

이 절은, 〈물음 1〉에 대해 답을 시작하는 것입니다. 원각
의 '자성은 성품이 아니면서도 성품이 있는 것이라' 실상 가
운데에는 보살도 중생도 없는 것이니 증득한 자도 없는 것
이라, 증위(證位)의 점차(漸次)나 차별을 말할 것이 없다는
것이며, '공부를 하는 가운데(功用中)'에 차별을 하는 것이라
는 뜻입니다.

⑤ "착한 남자야! 일체 중생이 비롯함이 없이 좇아옴으로
망령된 생각의 나(罔象妄想我·八識)와 나를 사랑하는 자(吸
收作用·前五識)로 말미암아 일찍이 생각(分別識·六識)이
나고 멸함(起滅者·七識)인 줄을 스스로 알지 못하는 까닭으
로, 미워하고 사랑함을 일으켜 오욕락(五欲)에 빠져 놀다가
만약 착한 벗의 가르침을 만나 그로 하여금 깨달음을 열어서,
깨끗하고 원만한 깨달음의 성품이 일어나고 멸함을 밝게 밝
히면, 곧 이 태어남의 성품이 스스로 수고로운 생각이라 함을
알 것(前五識證·知)이요, 만약 다시 어떤 사람이 수고로운

생각(分別識 · 六識)을 길이 끊고 법계의 깨끗함을 얻으면, 곧
그 깨끗한 알음알이(六識悟 · 淨解)가 스스로 걸림(障碍)이
되는 것이어서, 원만한 깨달음에 들어가 자재하지 못함은 범
부가 이러한 이름(六識悟 · 淨解)이 깨달음의 성품에 순히 좇
음이니라."

善男子야, 一切衆生이 從無始來로 由妄想我와 及愛我者
하야 曾不自知念念生滅하야, 故起憎愛하야 耽着五欲타가
若遇善友의 敎令開悟하야 淨圓覺性에 發明起滅하면, 卽知
此生이 性自勞慮요 若復有人이 勞慮를 永斷코 得法界淨하
면 卽彼淨解가 爲自障碍하야 故於圓覺에 而不自在는 此名
凡夫의 隨順覺性이요.

이 절은, '망령된 생각을 하는 나(受想行의 體 · 我)'인 제8
식(罔象妄想)과 '나(我)를 사랑하는 자(吸受作用心 · 前五
識)로 말미암아 일찍이 생각생각(分別識 · 六識)이 나고 멸
함(起滅者 · 七識)'이 모두 전도된 망상 곧 환(幻)인 줄 모르
고 탐욕을 낸다 하고, 심소(心所)의 '성품이 스스로 수고로
운 생각(假我妄想)이라 함을 알 것(知 · 前五識證한 阿那含
果)'이요, 다시 어떤 사람이 '생각(分別識 · 六識)을 길이 끊
고 법계의 깨끗함을 얻으면 그 깨끗한 알음알이(淨解 · 六識
悟 須陀洹果)가' 또한 걸림(障碍)이 되는 것이니, 곧 또한 깨
달음(悟 · 淨解)도 장애가 되어 원각에 자재하지 못하는 것
은 범부가 이러한 이름(六識悟 · 淨解)의 각성(覺性)에 수순
함 때문이라는 뜻입니다.

[탐착오욕(耽着五欲)] 이 절 중의 '탐착오욕'은 오욕락(五欲樂)에만 빠져 탐착(貪着)한다는 뜻입니다. 그런데, 어떤 원각경은 탐착(貪着)으로 되어있어 뜻은 대동소이하나 탐착(耽着)이 옳다고 생각됩니다. 여기서는 〈세조조국역판(世祖朝國譯板) 원각경〉에 의거 탐착(耽着)으로 하였습니다.

[오욕(五欲)]은 모든 욕망을 일으키는 색·성·향·미·촉경(色聲香味觸境)의 욕(欲)이고, 또는 재욕(財欲)·색욕(色欲·性欲)·음식욕·명예욕·수면욕을 말합니다.

⑥ "착한 남자야! 일체 보살이 앎이 걸림이 됨을 보고 비록 알음알이의 앎의 걸림은 끊었다 하더라도, 오히려 깨달음을 봄(七識了 見覺)에 머물러서 깨달음이 걸림이 각애(覺礙)가 장애가 되어 자재하지 못함은, 이 이름(見覺)이 보살의 십지(十地)에 아직 들어가지 못한 깨달음의 성품을 순히 좇음이라 하느니라."

善男子야, 一切菩薩이 見解爲礙하야 雖斷解礙나 猶住見覺일새 覺礙가 爲礙하야 而不自在는 此名菩薩의 未入地者 隨順覺性이요.

이 절은, '앎(解)이 장애가 됨을 보고' 알음알이의 장애는 끊었다 하더라도 오히려 깨달음만을 '봄(見覺·七識了)에 머물러(斯多含果)' 그 각애(覺礙)가 장애가 되어 자재하지 못함은 이 이름(見覺·斯多含果) 성문(聲聞) 2승(乘)이 보살의 십지(十地)에 아직 들어가지 못한 것이니 깨달음의 성품에 순히 좇아야 할 것이니라 한 것입니다.

⑦ "착한 남자야! 비췸(八識照·阿羅漢果)이 있고 깨달음(覺·緣覺)이 있음이 함께 이름이 걸림(障礙)인 것이니라. 이러한 까닭으로 보살이 항상 깨달음에 머물지 아니하여서 능히 비췸과 비추는 곳이 동시에 적멸하리니, 비유하면 어떤 사람이 있어 스스로 그 머리를 끊음에 머리가 이내 끊어졌으므로 능히 끊을 자가 없어서, 곧 걸리는 마음으로써 스스로 모든 걸리는 것을 멸함에 걸리는 것이 이미 끊어져 멸한지라 걸림을 멸한 자가 없으며, 일체의 경전이 달을 가리키는 손가락과 같은지라, 만약 다시 달을 보면 가리키던 손가락은 필경에 달이 아님을 알아 사무치게 할 것이며, 일체 여래의 가지가지 가르침으로 보살들을 깨우쳐 보인 것도 또한 이와 같은 것이니 이름이 보살이 이미 십지에 들어간 자의 깨달음의 성품을 순히 좇음이라 하느니라."

善男子야, 有照有覺이 俱名障礙라. 是故菩薩이 常覺不住하야 照與照者同時寂滅이니, 譬如有人이 自斷其首에 首已斷故로 無能斷者하야 則以礙心으로 自滅諸礙에 礙已斷滅이라 無滅礙者며 修多羅敎如標月指라 若復見月하면 了知所標가 畢竟非月이며, 一切如來가 種種言說로 開示菩薩도 亦復如是는 此名菩薩의 已入地者 隨順覺性이니라.

이 절은, '비췸(八識 照·阿羅漢果)이 있고 깨달음(覺·緣覺)이 있음'을 함께 장애(障礙)라고 이름하는 것이니라. 이러한 까닭으로 보살이 항상 깨달음에 머물지 아니하여서 능히 비췸(照·阿羅漢果)과 비추는 곳(照의 體·第八識)이 동시에 적멸하리니, 비유하면 어떤 사람이 있어 스스로 그 머리를 끊음에 머리가 이내 끊어졌으므로(八識을 끊었으므로) 능히 끊은 자가 없나니, 곧 걸리는 마음으로써 스스로 모든 걸리는 것을 멸함에 걸리는 것이 이미 끊어져 멸한지라 걸림을 멸한 자(內照作用者)가 없으니, 다시 비유하여 말하면 일체의 경전이 달을 가리키는 손가락과 같은지라, 만약 다시 달을 보면(증득하면) 가리키던 손가락은 필경에 달이 아님을 알 것이라 한 것입니다. 또 이어 일체 여래의 가지가지 가르침으로 보살들을 깨우쳐 보인 것도 또한 이와 같으니라. 이 이름의 보살이 이미 십지(十地)에 들어간 것이라 한 뜻입니다.

⑧ "착한 남자야! 일체 걸림이 곧 구경의 깨달음이요, 얻은 생각과 잃은 생각이 해탈 아닌 것이 없고, 이루어진 법과 깨진 법이 다 이름이 열반이요, 지혜와 어리석음이 다 반야가 되고, 보살과 외도의 성취한 바 법이 한가지 보리요, 무명과 진여가 다른 경계가 없고, 모든 계·정·혜 및 음란함과 성냄과 어리석음이 함께 깨끗한 행이요, 중생과 국토가 동일한 법의 성품이요, 지옥과 천당이 다 정토가 되고, 성품이 있고 없는 것이 같이 불도를 이루고, 일체의 번뇌가 필경에 해탈이

니, 법계 바다 지혜로 모든 상을 비추어 사무침이 허공과 같음은 이 이름이 여래의 깨달은 성품에 순히 좇음이니라."

善男子야, 一切障礙가 卽究竟覺이요, 得念失念이 無非解脫이요, 成法破法이 皆名涅槃이요, 智慧愚癡가 通爲般若요, 菩薩과 外道의 所成就法이 同是菩提요, 無明眞如가 無異境界요, 諸戒定慧와 及淫怒癡俱是梵行이요, 衆生國土가 同一法性이요, 地獄天宮이 皆爲淨土요, 有性無性이 齊成佛道요, 一切煩惱가 畢竟解脫이요, 法界海慧로 照了諸相이 猶如虛空은 此名如來의 隨順覺性이니라.

이 절은, '일체 걸림이 곧 구경의 깨달음이요, 얻은 생각과 잃은 생각이 모두 해탈(解脫) 아닌 것이 없고 이루어진 법과 깨어진 법이 다 이름이 열반이요. 지혜와 어리석음이 다 반야가 되고, 보살과 외도의 성취한 바 법이 한가지 이 보리요' 한 것 등은 여래가 원각(圓覺)의 경지를 수용(受用)하는 말이니, 곧 깨달음의 경지는 그런 분별이 없는 경계 그대로를 말하는 것이니, 상대되는 것이 없습니다. 다시 또 말씀하기를 '지옥과 천당이 다 정토가 되고, 성품이 있는 것이나 없는 것이나 같이 불도를 이루고, 일체의 번뇌가 필경 해탈이니, 법계의 지혜 바다에 모든 상을 비추어 사무침이 허공과 같은 것'이 여래의 깨달음의 성품을 순히 좇음이라는 뜻입니다. 이것은 〈물음 1〉에 대한 답이 끝나는 곳이니, 곧 앞에서 성문의 각(覺)인 아나함과(前五識證者)·수다원과(六識悟者)·사다함과(七識了者)와 아라한과(八識照者)와 연각(緣覺者) 등 소승 보살 각위(覺位)와 4식(識)을 모두 순단(順斷)한 십지 보살과 4식(識)을 영단(永斷)한 여래의 각위(覺位)를 나누어 말한 분증위(分證位)입니다.

[분증위는 수행하여 증득하는 위(位)를 나누어 논 것입니다.

⑨ "착한 남자야! 다만 모든 보살과 말세 중생의 삶의 모든 시간에 망령된 생각을 일으키지 말 것이고, 모든 망령된 마음을 또한 그쳐서 멸하지도 말며, 망상된 생각의 경계에 머물러서 앎을 더하지도 말고 앎에 사무침 없음이 진실이라고 분별하지도 말아야 할 것이니, 저 모든 중생이 이 법문을 듣고 믿어 알고 받아 가져서 놀라고 두려워하는 마음을 내지 아니하면 이 이름이 곧 깨달음의 성품에 순히 좋음이니라."

善男子야, 但諸菩薩과 及末世衆生이 居一切時에 不起妄念하고 於諸妄心에 亦不息滅하며, 住妄想境하야 不加了知하고 於無了知에 不辨眞實하리니, 彼諸衆生이 聞是法門코 信解受持하야, 不生驚畏하면 是則名爲隨順覺性이니라.

이 절은, '망령된 생각을 일으키지 말며, 모든 망령된 마음을 그쳐서 멸하지도 말며, 망령된 생각의 경계에 머물러서 앎을 더하지도 말고 앎에 사무침이 없는 것이 진실이라고 분별하지도 말 것이라' 하고, 이런 법문을 듣고 두려워하지 않으면 깨달음의 성품에 순히 좋음이라 한 것입니다. 그러니까 앞에서 분증위(分證位)를 말하고, 여기서 앎과 앎에 사무침 없음 등이 진실이라고 하지도 말고 그저 꼭 믿어 두려움 없이 닦아 깨달음의 성품에 순히 좇으라는 뜻도 제시한 것입니다.

⑩ "착한 남자야! 너희들은 마땅히 알아라. 이와 같은 중생이 이미 일찍이 백천만억 항하사 모든 부처님과 모든 보살을 공양하여 많은 덕의 근본을 심었음이니, 부처님이 이 사람은 이름이 일체종지(一切種智)를 성취하였다 말씀하느니라."

善男子야, 汝等이 當知하라. 如是衆生이 已曾供養百千萬億恒河沙諸佛과 及大菩薩하야 植衆德本이니, 佛說是人은名爲成就一切種智라 하니라.

이 절은, 이와 같이 원각에 수순하는 이는 과거세에 많은 '부처님과 보살을 공양하여서 많은 덕의 근본'을 심었기 때문에, 이런 이는 '일체종지(一切種智)를 성취'하였다고 부처님이 말씀하신 것입니다.

⑪ 그 때에 세존께서 이 뜻을 거듭 펴고자 게송으로 말씀하시되,

"청정혜야! 마땅히 알아라. 원만한 보리 성품은
취함도 없고 또한 증득함도 없으며, 보살이나 중생도 없는 것이지만

깨달았을 때와 아직 깨닫지 못했을 때에 점차의 차별이 있는 것이니,

중생은 앎이 걸림이 되고 보살은 아직 깨달음을 여의지 못하였으나,

십지에 들어가서는 영원히 적멸하고 일체 상에 머물지 아니하며,

큰 깨달음(大覺)이 다 원만함은 이름이 두루 순히 좇음(徧隨順)이라 하고

말세 모든 중생의 마음에 허망한 것을 내지 아니하면,

부처님이 말씀하시되, 이와 같은 사람은 현세에 곧 보살이요,

항하사처럼 많은 부처님께 공양하여 공덕이 이미 원만하니,

비록 많은 방편이 있으나 모두 이름이 순히 좇은 지혜이니라."

爾時에 世尊이 欲重宣하사 而說偈言하사오되,
淸淨慧야, 當知하라. 圓滿菩提性은
無取亦無證이며 無菩薩衆生이언마는
覺與未覺時에 漸次有差別이니
衆生은 爲解礙요 菩薩은 未離覺이요
入地永寂滅이요 不住一切相하야
大覺悉圓滿은 名爲徧隨順이요
末世衆生이 心不生虛妄하면

佛說如是人은 現世卽菩薩이요

供養恒河沙佛하야 公德이 已圓滿이니

雖有多方便이나 皆名隨順智니라.

이 절은 청정혜 보살장의 요지입니다. 보리의 성품은 취함이나 증득함이 없고 '깨달았을 때와 아직 깨닫지 못했을 때에' 점차의 차별이 있는 것이라 하시고, '중생은 앎(解)이 걸림(장애)이 되고, 보살(2승)은 깨달음(覺)을 여의지 못하였으나' 10지(地) 보살은 그런 깨달음을 여읜 자 곧 순차로 순행해 올라가 보살 수행계위 12위의 혹장(惑障) 등 4식(識)을 모두 순단(順斷)한 보살(菩薩·空性)위를 증득한 자와 또 원각을 증득한 여래위 등 5성(性) 차별 증위(證位)를 말한 것입니다. '여래'는 4식(識)을 영단(永斷)한 자이니 곧 보살 수행계위라 하는 그 12계위를 다시 역류(逆流) 수행하여 영단(永斷)한 경지라 합니다. 부처님의 말씀은 또 '큰 깨달음이 다 원만한 자(圓覺·如來·如意者) 이것의 이름이 두루 수순함이라' 하여 원각 부처를 보이고, '중생이 허망한 마음이 생겨나지 아니하면 현세의 보살'이라고 하여, 중생은 허망한 마음이 생겨나는 자요, 보살은 허망한 마음이 생겨나지 아니하는 자임도 제시하고, '많은 방편이 있으나 모두 수순하는 지혜(隨順智)라 이름한다'고 한 것입니다. 그러니까 ①중생의 앎(解), ②2승 보살의 각(覺), ③2승의 각(覺)을 여읜 대승 보살위와 ④각이 있고 없고를 여읜 여래위를 제시하고, 또한 ⑤이상의 4위 외에 '외도종성'이 있다는 뜻을 이 절에는 생략되어 있으나 앞에 분명히 거듭 밝혔으니, 이 청정혜보살장은 증득한 위를 나눈 분증위(分證位)인 것입니다.

(8) 위덕자재보살장(威德自在菩薩章) [3정관을 일으켜 보임(起三淨觀)]

① 이에 위덕자재보살이 대중 가운데 있다가 곧 자리에서 일어나 부처님 발에 절하고, 오른 편으로 세 번 돌고 무릎을 꿇어 손을 모아 합장하여 부처님께 사뢰오되, "대비하신 세존이시여! 널리 저희들을 위하여 이와 같은 깨달음의 성품에 순히 좇음을 분별하시어, 모든 보살로 하여금 깨닫는 마음이 밝아져서, 부처님의 원만한 음성 말씀을 이어 받들어 닦고 익힘을 인연하지 않고도 좋은 이익을 얻게 하시었습니다."

　　於是에 威德自在菩薩이 在大衆中이라가 卽從座起하야 頂禮佛足하시며 右繞三匝하시고 長跪叉手하고 而白佛言하사오되, 大悲世尊이시여, 廣爲我等하사 分別如是隨順覺性하사 令諸菩薩로 覺心이 光明하야 承佛圓音하와 不因修習하고도 而得善利케 하셨나이다.

　　이 절은, 위덕자재보살이 먼저 청법의 예절을 갖추고, 앞에서 '깨달음의 성품에 순히 좇음을 분별하시어'라 하시고 깨닫는 마음이 밝아지게 하였습니다. 하고 찬탄한 것입니다.

　　[위덕자재보살은 자성(自性)의 위덕(威德)을 자재하게

잘 닦는 자성청정(自性清淨)의 상수(上首) 보살입니다.

② "세존이시여! 비유하자면 큰 성에 문이 넷이 있어 네 방향 가운데 어느 한 길을 따를 것임에 한 길로만 오지 아니하는 것과 같나니, 일체 보살이 불국토를 장엄하고 보리를 이룸이 하나의 방편만이 아닐 것이니, 오직 원하건대 세존이시여! 널리 저희들을 위하여 일체 방편 점차를 드러내어 말씀해 주시고, 아울러 수행하는 사람이 모두 몇 종류나 있으며, 이 모인 자리의 보살과 말세 중생이 대승을 구하는 자로 하여금 속히 깨달음을 얻어, 여래의 큰 적멸바다(寂滅海)에서 즐거움을 누리게 하여주소서."

世尊이시여, 譬如大城이 外有四門에 隨方來者非止一路하야 一切菩薩이 莊嚴佛國하고 及成菩提가 非一方便이리니, 唯願世尊이시여, 廣爲我等하사 宣說一切方便漸次하시고, 並修行人이 總有幾種이며, 令此會菩薩과 及末世衆生의 求大乘者로 速得開悟하야 遊戲如來의 大寂滅海케 하소서.

이 절은 〈물음 1〉 수증 '방편(方便·觀法) 점차'를 말씀하여 주십시요 한 것, 〈물음 2〉 수행하는 사람은 몇 종류나 있습니까 하는 것과, 이어 '속히 깨달음을 얻게 하여 주소서' 하여 청법을 한 것입니다.

③ 이 말하기를 마치고, 오체를 땅에 대고 절하며 이와 같

이 세 번 청하기를 마치고 다시 하려 하시니, 그 때에 세존이 위덕자재보살에게 말씀하셨다. "좋고 좋구나, 착한 남자야! 너희들이 이에 능히 모든 보살과 말세 중생을 위하여 여래의 이와 같은 방편을 물으니, 너 이제 자세히 들어라. 마땅히 너를 위하여 말하리라."

作是語已하시고 五體投地하사 如是三請을 終而復始하시니, 爾時에 世尊이 告威德自在菩薩言하사오되 善哉善哉라 善男子야, 汝等이 乃能爲諸菩薩과 及末世衆生하야 問於如來如是方便하나니, 如今諦聽하라. 當爲汝說하리라.

이 절은, 위덕자재보살이 '수행 방편'을 물은 데 대해 '너를 위하여 말하리라' 하여 법을 설할 것을 승낙한 것입니다.

④ 때에 위덕자재보살이 승낙하심을 받들어 기뻐하며 모든 대중들과 함께 조용히 들으셨다. "착한 남자야! 위없는 오묘한 깨달음(妙覺)이 모든 시방에 두루하여 여래와 더불어 일체법을 내는 것이니, 동체로 평등하니라."

時에 威德自在菩薩이 奉教歡喜하사와 及諸大衆과로 黙然而聽하사옵더니, 善男子야, 無上妙覺이 徧諸十方하야 出生如來와 與一切法일세니 同體平等이라.

이 절은 〈물음 1〉에 대답을 시작하는 것입니다. 우주에는 위없는 묘각(妙覺)이 일체법을 내는 것이라 온통 각(覺) 하나 뿐인 것으로, 곧 '오묘한 깨달음이 모든 시방에 두루하여 여래와 더불어 일체법을 내는 것이니, 동체로 평등하니라' 한 것입니다. 일체법 그것이 동체로 평등한 것이라 무슨 방편으로 닦는다고 쪼개서 말할 바가 못되는 것이라는 뜻도 제시한 것입니다.

⑤ "모든 수행에 실로 둘이 있는 것이 아니지마는, 방편에 순히 좇는 것은 그 수가 한량없으나 원만하게 돌아갈 바를 거두어 성품에 따라 차별하면 마땅히 세 가지가 있나니라. 착한 남자야! 만약 모든 보살이 깨끗이 원만한 깨달음(圓覺)을 깨쳐서 깨끗한 깨달음의 마음으로써 고요함(靜・至靜)을 취하여 수행으로 삼으면, 모든 생각을 밝힘으로 말미암아서 마음의 번거로운 움직임을 깨닫는 고요한 지혜가 발생하고, 몸(前五識身)과 마음(分別心・六識)과 손님(起滅客塵・七識)과 티끌(罔像妄想塵・八識)이 이것으로(靜觀) 좇아서 영원히 멸하면, 문득 능히 안으로 적적 고요하여 가벼웁고 편안함(寂靜輕安)을 발할 것이니, 적적 고요함을 말미암는 고로 시방 세계 모든 여래의 마음이 그 가운데에 나타나 마치 거울 가운데 그림자와 같은 것이니라. 이 방편자의 이름이 사마타니라."

於諸修行에 實無有二언마는 方便隨順은 其數無量이니 圓攝所歸하야 循性差別하면 當有三種이니, 善男子야, 若諸菩

薩이 悟淨圓覺하야 以淨覺心으로 取靜爲行하면, 由燈諸念하야 覺識煩動하는 靜慧가 發生하고, 身心客塵이 從此永滅하면, 便能內發이 寂靜輕安하리니, 由寂靜故로 十方世界諸如來心이 於中顯現이 如鏡中像이니, 此方便者는 名이 奢摩他니라.

이 절은, 수행 방편이 '세 가지(三淨觀)가 있으니' 하나는 관행(觀行)을 할 때에 처음 들고 들어가는 초수(初首) 곧 '고요함(靜·至靜)을 취하여 수행'하여서 4식(識)을 영멸(永滅)하면 적정경안(寂靜輕安)의 모든 여래의 마음이 마치 그 '거울 가운데 그림자와 같은 것'이라 하여 환을 영멸 증득한 적정경안(寂靜輕安)의 경지를 보이고, 이 방편자의 이름은, 사마타(奢摩他)라 한 것입니다. 사마타는 정관(靜觀)이라고도 하는 것이요, 지정(至靜)을 초수(初首) 화두(話頭)로 들고 닦는 돈문(頓門) 수행 관문(觀門)입니다.

[초수(初首)]는 선정(禪定) 관행(觀行)을 할 때에 처음 들고 들어가는 것이니, 화두(話頭)·공안(公案)과 같은 것입니다.
[적정경안(寂靜輕安)]이란 '적정(寂靜)' 곧 마음에 번뇌가 없고, 몸에 괴로움이 없는 편안한 모양이고, '경안(輕安)'이라 하는 것은 착한 마음과 상응하여 일어나서 일을 잘 감당하여 몸이 편안하고 경쾌하여지는 작용이니, '적정경안'은 4식 번뇌를 영멸(永滅)하여 안으로 적적 고요하여 가벼웁고 편안함(寂靜輕安)을 발한 경지이니, 실로 고요하고 편안하

고 경쾌한 경계입니다.

　[사마타(奢摩他)]는 범어 Samatha의 음역(音譯)이요, 지(止)·적정(寂靜)·능멸(能滅)이라 한역한 것으로, 우리의 마음 가운데 일어나는 망념(妄念)을 쉬고, 마음을 한 곳에 머무는 것이니 곧 정(定)입니다. 이 관은 '정관(靜觀)'이요, 간화선(看話禪)이라고도 하는 것입니다. 이 관은 초수 지정(至靜)으로 4식을 영멸(永滅)하고 적정경안(寂靜輕安)을 발하여 거울과 같이 깨끗한 적정열반(寂靜涅槃)에 드는 관문입니다. 돈문(頓門)이요, 지증보살(智增菩薩)의 수행에 배대가 되는 관이기도 합니다.

⑥ "착한 남자야! 만약 모든 보살이 깨끗하고 원만한 깨달음을 깨달아서, 깨끗이 깨달은 마음으로써 마음의 성품과 더불어 육근 육진이 다 환이 화(化)한 것으로 원인이 됨을 깨달아 알아서, 곧 모든 환을 일으켜 환을 제거하는 자(初首憶想·幻觀)로써 모든 환(諸幻·四識)을 변화시켜 환의 무리(幻衆·照)를 여나니, 환(照者)을 일으킴으로 말미암는 까닭에 문득 능히 안으로 대비의 가벼웁고 편안함(大悲輕安)을 발하나니, 일체 보살이 이것을 좇아 수행을 일으켜서 점차로 증진하되 저 환(幻)을 관(觀·照)하는 자는 환(幻)과 같지 아니한 연고며, 환과 같지 아니한 관(觀·觀照者)도 다 이 환(幻·幻智)인 연고로 환(幻智)인 모양을 영원히 여의나니라. 이 모든 보살이 원만한 바의 오묘한 행은 흙에 이삭(新薰種子)이 자라나는 것 같으니, 이 방편자는 이름이 삼마발제(三摩鉢提)니라."

善男子야, 若諸菩薩이 悟淨圓覺하야 以淨覺心으로 知覺
心性과 及與根塵이 皆因幻化라, 即起諸幻하야 以除幻者로
變化諸幻하야 而開幻衆하나니, 由起幻故로 便能內發 大悲
輕安하나니, 一切菩薩이 從此起行하야 漸次增進하되 彼觀
幻者는 非同幻故며, 非同幻觀도 皆是幻故로 幻相을 永離하
나니라. 是諸菩薩의 所圓妙行은 如土長苗하니, 此方便者는
名이 三摩鉢提니라.

이 절은 '모든 환(諸幻)을 일으켜 환(幻)을 제거하는 자
(初首 憶想 · 觀行者)로서 모든 환(諸幻 · 四識幻)을 변화하
여(여의어) 환의 무리(幻衆 · 照者)를 여나니, 환(內照者)을
일으킴으로 말미암는 까닭에(照 · 幻智도 여의어) 문득 능히
대비경안(大悲輕安)을 발(發) 하나니' 하고, 일체 보살이 이
렇게 수행해 증진하되(幻滅하되) 환을 내조(內照)하여 여의
는 그놈도 나중에는 환지(幻智)로 남으니 그것까지 영원히
여의라는 뜻도 제시하고 있음. 이렇게 닦는 '보살의 원만한
바의 오묘한 행은 흙에 이삭이 자라나는 것'과 같다는 것이
며, 이 관의 이름이 삼마발제라는 것입니다. 이 삼마발제관
(三摩鉢堤觀)은 또 환관(幻觀)이라고 하는 것으로 점문(漸
門) 수행 관문입니다. 이것은 비증보살(悲增菩薩)의 수행에
배대가 되는 관문이기도 합니다.

[대비경안(大悲輕安)]이란 '대비(大悲)'는 남의 괴로움을
보고 가엾게 여겨 제도하여 주려는 큰 마음의 뜻이고, '경안
(輕安)'은 착한 마음과 상응하여 몸이 편안하고 상쾌한 것이

니, '대비경안'은 안으로 대비의 가벼웁고 편안함(大悲輕安)을 발한 경지이니, 남을 건지는 큰 비심(大悲心)까지 이미 갖추고 있고, 몸이 편안하고 상쾌한 경계입니다.

[삼마발제(三摩鉢提)]는 범어 Samāpatti로 '등지(等至)'라 번역합니다. 등(等)은 정력(定力)에 의하여 4식 번뇌를 여의고 마음이 평등 평정(平靜)함을 말하는 것이고, 정력이 이런 상태에 이르게 함으로 지(至)라 하는 것입니다. 이 관은 '환관(幻觀)'이라고도 하는 관으로, 초수가 '억상(憶想·생각)'입니다. '억상'은 어떠한 한 생각을 들고 닦아 들어가는 정근 관행입니다. 또는 진언(眞言)을 외우거나 염불이나 독경(讀經)을 하는 것도 환관에 속하는 것이며, 이 관은 초수 '억상(憶想)'으로 닦아 4식을 모두 멸하면 문득 대비경안(大悲輕安)을 발하여 4식을 여의어 오던 내조자(內照者)인 조자(照者·幻智)까지 영리(永離)하여 깨달음이 원명(覺圓明)해지는 관문입니다.

⑦ "착한 남자야! 만약 모든 보살이 깨끗하고 원만한 깨달음을 깨달아, 깨끗이 깨달은 마음으로써 환(幻·憶想)으로 화(化·變化)하는 것과 모든 고요한 모양(靜相·至靜)을 취하지 아니하나니, 앎(知·六識悟)을 마침(了·七識了)하는 몸(前五識身)과 마음(心根·八識)은 다 걸림이 되고, 앎이 없는 깨달음(八識照覺)이 밝음은 모든 걸림을 의지하지 아니하거든, 길이 걸림(四識)과 걸림이 없는 경계(照境界)를 초월함을 얻어서 세계와 더불어 몸과 마음을 초과하여 서로 티끌지역

(塵域・世間)에 있음이 그릇 가운데 황황하는 소리가 밖으로 울려나옴과 같아서 번뇌와 열반이 서로 걸림이 없음이라야 문득 능히 안으로 적멸의 가볍고 편안함(寂滅輕安)을 발하는 것이다. 이 오묘한 깨달음이 순히 좇는 적멸(寂滅)의 경계는 나(自・我想・前五識)와 남(他・人相・六識)인 몸(身・我想・前五識)과 마음(心・人相・六識)이 능히 미치지 못할 바요, 중생(衆生相・七識)과 수명(壽命相・八識)이 다 뜬 생각이리니, 이 방편자의 이름이 선나(禪那・寂觀)이니라.”

善男子야, 若諸菩薩이 悟淨圓覺하야 以淨覺心으로 不取幻化와 及諸靜相하시니 了知身心은 皆爲罣礙요, 無知覺明은 不依諸礙커든 永得超過礙無礙境하야 受用世界와 及與身心하야 相在塵域하리 如器中鍠聲이 出于外하야 煩惱涅槃이 不相留礙하야 便能內發 寂滅輕安하나니, 妙覺隨順寂滅境界는 自他身心이 所不能及이요, 衆生壽命이 皆爲浮想이리니, 此方便者는 名爲禪那니라.

이 절은 삼마발재관의 초수(初首) 환(幻・憶想)과 사마타관의 초수 정상(靜相・至靜)을 ‘취하지 아니하나니’ 하여 둘 아닌 경계로 닦아 들어가는 관이라는 뜻입니다. 곧 명수문(明數門・初首)으로 수행하여 4식의 걸림(幻煩惱)과 걸림이 없는 경계(照・幻智)를 초월함을 얻어, 그 적적성성(寂寂惺惺) 함이 마치 종소리가 세간에 나옴과 같아서 ‘번뇌와 열반이 서로 걸림이 없음이라야 문득 능히 안으로 적멸의 가볍고 편안함(寂滅輕安)을 발한다' 하고, '오묘한 깨달음이 순히 좇는 적멸(妙覺隨順寂滅)의 경계' 이것은 나(自 · 我想 · 前五識身)와 남(他 · 人相 · 六識)인 몸과 마음을 이미 초월한 바요, 중생(衆生相 · 七識)과 수명(壽命 · 八識)이 다 뜬 생각이리니, 이 관의 이름은 선나(禪那)라 한 것입니다. 이 관은 적관(寂觀)이라고도 하는 관이며, 여기는 〈물음 1〉 수행방편 점차의 답으로 3정관(靜觀 · 三觀)설이 끝나는 절목입니다.

[선나(禪那)]는 범어 Dhyāna의 준 이름으로 선(禪)이라 하는 것이고, 정려(靜慮) · 사유수(思惟修)라 한역하는 것이나, 이 '선나'의 선(禪)은 정려(靜慮)의 혜(慧)와 사유수(思惟修)의 정(定) 둘 아닌 선(禪) 곧 선정입니다. 그리고 사마타의 정(定)과 삼마발제의 혜(慧) 이 둘 아닌 불이관(不二觀)이라고도 하는 것이니, 사마타 초수(初首) 지정(至靜)과 삼마발제 초수 억상(憶想) 둘 아닌 명수문(明數門)으로 4식을 영단(永斷)하고 적멸경안(寂滅輕安)을 발하여 묘각수순적멸(妙覺隨順寂滅)의 경지에 이르는 관문(觀門)입니다.

[선(禪)과 정(定)]의 선정(禪定)은 정혜 통칭이고 '선'이나 '정'은 모두 같은 뜻으로 통용하나, 선(禪)은 정 · 혜(靜慧) 통칭으로만 쓰고, 정(定)은 혜(慧)가 없는 것으로 정과 혜를 구분하여 보는 것이기도 하니 조심하여 살펴야 합니다.

[적멸경안(寂滅輕安)]의 '적멸(寂滅)'은 4식(識)을 영단(永斷)하여 나고 죽는 인과를 초월하고, 다시 미(迷)한 생사를 계속하지 않는 4식 적멸 경계요, '경안(輕安)'은 편안하고 상

쾌한 경계의 뜻이니, '적멸경안'은 모든 걸림이 있고 없는 경
계를 초월하여, 안으로 적멸의 가볍고 편안함(寂滅輕安)을
발한 경지입니다.

⑧ "착한 남자야! 이 세 가지 법문이 다 원만한 깨달음을 친
근해 순히 좇음이니, 시방 여래가 이로 인하여 부처를 이루
고, 시방 보살의 가지가지 방편과 일체의 같고 다른 것이 다
이와 같은 세 가지 사업을 의지함이니, 만약 원만한 깨침을
증득하면 곧 원만한 깨달음(圓覺)을 이루는 것이리라."

　善男子야, 此三法門이 皆是圓覺親近隨順이니 十方如來가
因此成佛하시고, 十方菩薩의 種種方便과 一切同異가 皆依
如是 三種事業이니, 若得圓證하면 卽成圓覺하리라.

　이 절은, '시방여래가 이(三淨觀)를 인(因)하여 부처를 이
루고', 보살의 가지가지 방편이 이 세 가지(三淨觀)를 의지
함이라 하고, 수행하여 '깨침을 증득하면 곧 원만한 깨달음
을 이룩하리라' 한 것이니, 이 3정관을 의지하여 닦는 사람
의 종류는 곧 '10방 부처'가 이를 의지하여 성취하였고, '10
방 보살'이 닦는 방편이라 하여, 〈물음 2〉를 답하기 시작한
것입니다.

⑨ "착한 남자야! 가령 어떤 사람이 있어 거룩한 도를 닦아
서 백천만억 아라한과 벽지불과를 교화하여 성취시켰을지

라도 다른 사람이 있어 이 원만한 깨달음의 걸림 없는 법문을 듣고 한 찰나 사이만 순히 좇아 수행하여 익힘만 같지 못한 것이니라."

善男子야, 假使有人이 修於聖道하야 教化成就百千萬億 阿羅漢 辟支佛果도 不如有人이 聞此圓覺無礙法門코 一刹 那頃隨順修習이니라.

이 절은 '가령 어떤 사람이 있어 거룩한 도를 닦아서' 많은 아라한과 벽지불을 교화하여 성취를 시켰어도, 다른 한 사람이 곧바로 원각에 들어가는 이 3정관 방편 법문을 듣고 한 찰나 '수행하여 익힘만' 못하다고 한 것입니다. 곧 앞 절과 본 절은 〈물음 2〉에 대해 수행하는 사람의 종류 수는 10방 의 부처와 10방의 무수한 보살이 수행해 온 관이라 하고, 많 은 아라한과 등을 교화하여 성취시킨 그 공덕보다 이 관을 한 찰나 수행함만 못하다는 뜻을 말한 것입니다.

[중생(衆生)]은 범어 살타(薩唾 · Sattva)의 한역으로 정식 (情識)이 있는 생물을 말합니다. 많은 인연 곧 7대(大) 인 (因)이 12인연의 연(緣)을 얻어 비로소 생(生)한다는 뜻이 있고, 넓은 뜻으로는 10법계 중생이니, 곧 여래를 제외한 보 살에게도 통하나 보통은 미계(迷界)의 생류(生類)를 말하는 것입니다.
[아라한(阿羅漢)]은 범어 Arhan · 소승 성문(聲聞) 4과의 가장 윗자리 성현입니다. 4식(識)의 추(麤)번뇌를 여의고 8

식(識)을 조(照)해서 대원경지(大圓鏡智)를 얻은 지자(智者)라고 합니다. 그러므로 숙명명(宿命明)·천안명(天眼明)·누진명(漏盡明)의 3명을 얻은 자리이나, 세(細)번뇌를 여의지 못하고 다만 3계의 견혹(見惑)과 사혹(思惑)이 끊어져 사장(事障)은 끊었으나 이장(理障)을 끊지 못해 인무아(人無我)에 들어간 변역사(變易死) 자리고 하는 소승 보살의 각(覺) 성현위(聖賢位)라 합니다.

[벽지불(辟支佛)]은 범어 Pratyeka-buddha로 연각(緣覺) 또는 독각(獨覺)이라 번역하며, 꽃이 피고 잎이 지는 등의 외연(外緣)에 의하여 스승 없이 혼자 깨달은 소승 성현입니다. 통교 10지의 제8위 벽지불지의 설에 의하면, 진무루(眞無漏)의 지혜를 내어 3계의 견혹·사혹을 끊고, 다시 2혹의 습기를 없애어 공관(空觀)에 들어간다 하였습니다. 그러니까 다음 생에서 받을 2혹 습기(濕氣)의 종자까지를 끊은 지위나, 소지장(所知障)의 습기를 여의지 못한 경계, 곧 사장(事障)은 완전히 끊었으나 이장(理障)을 완전히 끊지 못하여 소승 열반에 들어간 소승 성현이라 합니다.

[보살(菩薩)]은 보리살타(菩提薩唾 범어 Bodhisattva)의 준말로 각유정(覺有情)이라 한역합니다. 4식(識)을 복단(伏斷·順斷)하고, 자리(自利)·이타(利他)의 원만한 대행(大行)을 할 수 있는 공성(空性) 경계니, 위로는 보리(菩提)를 구하고, 아래로는 중생을 교화하려는 사람이며, 보살은 무루(無漏)의 종자를 갖추고 있어 결정코 불과(佛果)에 이르러 무상보리를 깨달을 수 있는 대승 보살 성현입니다.

[부처(佛)]는 불타(佛陀 범어 Buddha)의 준말로, 각자(覺

者)라 한역합니다. 출요경(出曜經)에는 '일체종지(一切種智)를 성취한 부처가 될 때를 해탈도(解脫道)'라 해설하였습니다. 4식(識)을 영단(永斷)한 부처를 해탈법신(解脫法身) 또는 해탈지견법신(解脫知見法身)이라 합니다. 부처를 둘로 나누어 논한 설에 의하면 불자각의(佛者覺意)요 여래여의자(如來如意者)라 하였습니다. 곧 부처는 불각자(佛覺者)이며 불안자(佛眼者)라 하였고, 여래는 여의자(如意者)이고 무진안자(無盡者)라 하였습니다.

⑩ 그 때에 세존이 거듭 이 뜻을 펴고자 게송으로 말씀하시되,

"위덕아 네 마땅히 알라. 위없는 큰 깨달음의 마음은
본 바탕이 두 모양이 없어서, 모든 방편을 수순함은
그 수가 한량이 없으나 여래가 다 열어 보이심에
문득 세 가지 종류가 있으니, 적정(寂靜) 고요한 사마타는
거울에 모든 그림자 비춤 같고, 환과 같은(如幻) 삼마발제는
이삭이 점점 자라는 것 같고, 선나가 오직 적멸(寂滅)한 것은
저 그릇 가운데 황황한 종소리 같으니, 세 가지 미묘한 법문이
다 이 깨달음에 순히 좇음이라. 시방의 모든 여래와
모든 큰 보살이 이를 인연하여 도를 성취하였으니,
세 가지 일(三事·三觀行)을 원만히 증득한 것이므로 이름

이 구경열반이니라.

爾時에 世尊이 欲重宣此義하사 而說偈言하사오되,
威德아, 汝當知하라. 無上大覺心은
本際無二相이나 隨順諸方便은
其數卽無量이나 如來總開示에
便有三種類하니 寂靜奢摩他는
如鏡照諸像이요 如幻三摩提는
如苗漸增長이요 禪那唯寂滅은
如彼器中鍠이니 三種妙法門이
皆是覺隨順이라 十方諸如來와
及諸大菩薩이 因此得成道하나니
三事를 圓證故로 名究竟涅槃이니라.

이 절은 본 장의 요지이니, 수행 방편이 많으나 이 3정관
이 근본이라 하는 뜻을 보였으니, 곧 '적정(寂靜·靜觀) 고
요한 사마타(奢摩他)는 거울에 모든 그림자가 비침 같고(如
鏡照諸像), 환과 같은(如幻·幻觀) 삼마발제(三摩鉢提)는
이삭이 점점 자라는 것 같고, 선나(禪那)가 오직 적멸(寂
滅·寂觀)한 것은 그릇 가운데 황황한 소리(器中鍠聲·鍾
聲) 같으니, 세 가지 미묘한 법문이 다 이 깨끗함에 순히 좇
음이라. 시방의 모든 여래와 모든 큰 보살이 이를 인연하여
불도를 성취하였으니, 세 가지 일(三事·三觀行)을 원만히
증득한 것이므로 이름이 구경열반(究竟涅槃)이니라.' 한 것
입니다. 이 장은 수행관법 세 가지 깨끗한 관을 일으킨 것

(起三淨觀)입니다. 또한 이 3정관(淨觀)은 인간 자성(自性)에 세 가지 특성인 정성(靜性 · 靜觀)과 환성(幻性 · 相性 · 幻觀)이 두 성품이 아닌 적성(寂性 · 體性 · 寂觀)을 깨끗이 닦아 들어가는 관입니다. 참선이라 하는 모든 선(禪) 관행이 모두 이 관에 속하는 것입니다. 특히 유념할 것은 이 3정관이 부처님께서 분명히 말씀한 선(禪)이니, 달마조사(達摩祖師)의 선(禪)만이 선관(禪觀)이라 하지 말아야 할 것입니다. 그리고 이 3정관은 원각경에 3관(觀)이라고도 하여 두 명칭이 있는데, 3관은 여러 가지가 있으니 이 정 · 환 · 적(靜幻寂) 3관을 이 『바른 한글 원각경』에서는 3정관으로만 표기하기로 하였음도 밝혀 둡니다.

(9) 변음보살장 (辨音菩薩章) [홑으로 겹으로 닦는 이십 오륜관(二十五輪觀)]

① 이에 변음보살이 대중 가운데 있다가 자리에서 일어나 부처님 발에 절하고, 오른 편으로 세 번 돌고 무릎을 꿇어 손을 모아 합장하여 부처님께 사뢰오되, "대비 세존이시여! 이와 같은 법문이 심히 드물게 있는 것이옵니다."

於是에 辨音菩薩이 在大衆中이라가 卽從座起하야 頂禮佛足하시고 右繞三匝하시고 長跪叉手하고 而白佛言하사오되, 大悲世尊이시여, 如是法門이 甚爲希有하시니,

이 절은 변음보살이 청법의 예절을 갖추고, 앞의 '이와 같

125

은(三淨觀 등) 법문이 심히 드물게 있는 것'이라 하여 찬탄한 것입니다.

[변음보살]은 법음(法音)을 잘 분별하는데 상수(上首) 보살입니다.

② "세존이시여! 이 모든 방편을 일체 보살이 원만한 깨달음의 문을 닦아 익히는 것이 몇 가지나 있습니까? 원하건대 대중과 말세 중생을 위하여 방편을 열어 보이시어, 그들로 하여금 실상을 깨우치게 하여 주소서." 이 말하기를 마치고 오체를 땅에 대고 절하며 이와 같이 세 번 청하기를 마치고 다시 하려 하시니,

世尊이시여, 此諸方便을 一切菩薩이 於圓覺門에 有幾修習이니가. 願爲大衆과 及末世衆生하사 方便開示하사 令悟實相케 하소서. 作是語已하시고 五體를 投地하사 如是三請을 終而復始하시니

이 절은 〈물음 1〉로서, 원각의 문에 닦아 들어가는 수행법이 몇 가지나 있는지, 그리고 더 상세하게 그 '방편을 열어 보이시어' 실상(實相)을 깨우치게 해 주십시오, 하고 청법을 하는 것입니다.

③ 그 때에 세존이 변음보살에게 말씀하셨다. "좋고 좋구

나, 착한 남자야! 너희들이 이에 능히 말세 중생을 위하여 여래에게 이와 같이 닦아 익힘을 물으니, 너 이제 자세히 들어라. 마땅히 너를 위하여 말하리라."

爾時에 世尊이 告辨音菩薩言하사오되, 善哉善哉라 善男子야, 汝等이 乃能爲諸大衆과 及末世衆生하야 問於如來如是修習하니, 如今諦聽하라. 當爲汝說하리라.

이 절은, '이와 같이 닦아 익힘을 물으니, 너 이제 자세히 들어라' 하여 법을 설할 것을 승낙하는 것입니다.

④ 때에 변음보살이 승낙하심을 받들어 기뻐하며 모든 대중과 함께 조용히 들으셨다. "착한 남자야! 일체 여래의 원만한 깨달음은 깨끗함이 본래 닦아 익힐 것이 없으며 닦아 익힐 자도 없느니라."

時에 辨音菩薩이 奉敎歡喜하사와 及諸大衆과로 黙然而聽하사옵더니, 善男子야, 一切如來圓覺淸淨이 本無修習하며, 及修習者니라.

이 절은, 원각이 본래 깨끗하여 '닦아 익힐 것이 없으며 닦아 익힐 자도 없느니라' 하여, 본래 닦을 것이 없는 것이라는 뜻입니다.

⑤ "일체 보살과 말세 중생이 깨닫지 못함에 의해서 환의 힘으로 닦아 익힘에, 그 때에 문득 이십 오종의 깨끗한 선정의 바퀴(定輪)가 있어, 만약 모든 보살이 오직 지극히 고요함(極靜·靜觀)을 취하여 고요한 힘을 말미암는 연고로 길이 번뇌를 끊어 마침내 성취하면, 자리에서 일어나지 아니하고 문득 열반에 드는 것이니, 이 보살자의 이름이 홑으로 사마타를 닦는 것이요,

一切菩薩과 及末世衆生이 依於未覺하야 幻力修習할새, 爾時에 便有二十五種淸淨定輪하나니 若諸菩薩이 唯取極靜하야 由靜力故로 永斷煩惱하고 究竟成就하면 不起于座하고 便入涅槃하나니 此菩薩者는 名이 單修奢摩他요,

이 절은, 단수 사마타(單修奢摩他) 절목입니다. 관행 방편에 '25종의 깨끗한 선정(定·禪定)의 바퀴가 있으니(二十五輪觀)', 그 하나는 초수(初首)를 '극정(極靜·至靜)'으로 닦아 '열반에 드는 것'이니 이 보살자의 관 이름이 '홑으로 사마타를 닦는 것(單修奢摩他觀)'이라고 한 것입니다. 이 관문은 25륜관 중의 제1단수 사마타관(單修 奢摩他觀·靜觀)을 말한 것입니다. 이 관문으로 열반을 증득한다 하나 그 행의 경계는 소승선(小乘禪)이라고 하는 학설도 있으니 유념해 볼일입니다. 이 25륜관 중에 원수삼관(圓修三觀)을 제외한 24륜관은, 중국 '규봉(圭峰)선사가 분류(分類)한 명칭(名稱)에' 따라 살펴 보겠습니다. 이것은 김월운(金月雲) 법사

님의 〈원각경 주해〉에서 규봉(圭峰)선사가 붙인 관명(觀名)의 관문에 해의를 더하여 소개한 것을 여기에 다시 옮겨보기로 하는 바니 참고로 하기 바랍니다.

규봉 해의 관문설에 의한 이 관은 「증훈식용관(澄渾息用觀)'이니, 홀로 사마타를 닦는 관문으로서 조용함에 의해 번뇌의 요동을 끊고 열반을 증득함으로써 보살의 행(行)을 이룩하나 행은 2승(乘)과 별로 다를 바가 없다」하는 뜻을 말하고 있습니다.

⑥ 만약 모든 보살이 오직 환 같음(如幻·憶想 등)을 관하여서 부처님의 힘으로 세계의 가지가지 작용을 변화시켜 보살의 깨끗하고 오묘한 행을 갖추어 수행하여 다라니에 고요한 생각을 잃어버리지 아니하고 모든 고요한 지혜에 미치면, 이 보살자는 이름이 홀로 삼마발제를 닦는 것이요,

若諸菩薩이 唯觀如幻하야 以佛力故로 變化世界種種作用하야 備行菩薩의 淸淨妙行하야 於陀羅尼不失寂念과 及諸靜慧하면 此菩薩者는 名이 單修三摩鉢提요,

이 절은, 단수 삼마발제(單修 三摩鉢提) 절목입니다. 보살이 오직 '환 같음(如幻·憶想 등)을 관하여서 부처님의 힘으로 세계의 가지가지 작용을 (깨끗하게) 변화시켜 보살의 깨끗하고 오묘한 행을 갖추어 수행하여 다라니(多羅尼·總持)에 고요한 생각을 잃어버리지 아니하고(퇴전이 없는 관행의 힘으로) 모든 고요한 지혜에 미치면(미치어 成就하면)'

이라고 하여, 이렇게 닦는 보살자의 관 이름이 '홑으로 삼마
발제(單修 三摩鉢提)를 닦는 것'이라는 것입니다. 이 관문
(觀門)은 25륜관 중의 제2 단수 삼마발제관(單修 三摩鉢提
觀·幻觀)을 말합니다.

규봉 해의 설에 의하면 이 관은 「포정자도관(庖丁恣刀
觀)'이니, 홑으로 삼마발제를 닦는 관문으로서 모든 법이 환
같은 것임을 깨닫고는 부처님의 도우심을 받아 갖가지 작용
을 일으켜 청정하고도 오묘한 행을 두루 행하되 마치 능숙
한 백정이 칼을 놀리듯, 아무리 만행(萬行)을 두루 닦더라도
적념(寂念)과 조용한 지혜를 잃지 않는다」 하였습니다.

⑦ 만약 모든 보살이 오직 모든 환을 멸하는 작용을 하지
않고 홀로(明數門으로 홀로) 번뇌를 끊어(寂觀) 다하면 문득
실상을 증득할 것이니, 이 보살자는 이름이 홑으로 선나를 닦
는 것이니라."

若諸菩薩이 唯滅諸幻하야 不取作用하고 獨斷煩惱하리니
煩惱斷盡하면 便證實相하리니, 此菩薩者는 名이 單修禪那
니라.

이 절은, 단수 선나(單修 禪那) 절목입니다. 앞의 사마타
관처럼 초수 극정(極靜·至靜)을 들고 닦아서 모든 환(四識
등)을 멸(滅)하는 것이 아니고, 또한 삼마발제관처럼 초수
여환(如幻·憶想)을 들고 닦아서 모든 환(四識 등)을 여의
며(幻離하며) 깨끗이 변화시키는 것이 아니라 지정(至靜)·

억상(憶想) 둘 아닌 초수 명수문(明數門)으로 홀로 번뇌를 끊음 없는 무위작용으로 끊어 번뇌 끊음을 다하면(明數門으로) 문득 실상(實相)을 증득 할 것이라 하고, 이렇게 닦는 보살자의 관 이름이 '홀로 선나를 닦는 것(單修 禪那觀)'이라는 것입니다. 이 관문은 25륜관 중의 제3 단수 선나관(單修 禪那觀·寂觀)을 말하는 것이며, 이상의 사마타·삼마발제·선나는 단수 삼정관(單修三淨觀)이라 하는 것입니다.

규봉 설의 이 관은 「정음출애관(呈音出礙觀)」이니, 홀로 선나를 닦는 관문으로서 아무런 작용도 가(加)하지 않고, 번뇌를 끊기만 하면 여전히 2승(乘)의 행이(行李)인데, 번뇌가 다 끊어지면 그대로 실상(實相)을 증득하나니 이는 보살의 작용이다. 보살이 이와 같이 번뇌를 끊고 보살의 지위(地位)에 머무는 것이 마치 막힌 울 안에서 음향(音響)이 새어 나는 것과 같다」하였습니다.

⑧ "만약 모든 보살이 먼저 지극히 고요함(至靜·靜觀)을 취하여 고요한 지혜 마음으로써 모든 환을 비춰서, 문득 이 가운데 보살행(菩薩行·幻觀)을 일으키면, 이 보살자는 이름이 먼저 사마타를 닦고 뒤에 삼마발제를 닦는 것이니라."

若諸菩薩이 先取至靜하야 以靜慧心으로 照諸幻者하야 便於是中에 起菩薩行하면 此菩薩者는 名이 先修奢摩他요 後修三摩鉢提라.

이 절은, 먼저 '지극히 고요함(至靜·初首)을 취하여(사마

타) 고요한 지혜 마음으로써'(鑑空의 慧로서 자신의 번뇌에서 벗어나) 모든 환을 비춰서 '문득 그 가운데 보살행(삼마발제)을 일으키면'이라고 하였으니, 이 관자의 이름은 먼저 사마타를 닦고 뒤에 삼마발제를 닦는 관이라 한 것입니다. 이 관문은 25륜관 중에 제4 사마타 지정(至靜) 초수(初首)를 들고 겹으로 닦는 복수(複數) 3정관이요, 또는 두 관을 교락하는 것이라 하여 교락관(較絡觀)이라고도 하는 것입니다.

규봉 설은, 이 관은 「운주겸제관(運舟兼齊觀)」이니, 먼저 조용함의 지혜를 취득하고, 다시 그 지혜에 의해 자신(自身)이 번뇌에서 벗어나서 보살행을 일으켜 중생을 제도하는 것이 마치 배를 타고 다니면서 남까지 구제(救濟)하는 것 같은 관문(關門)이라는 뜻을 말한 것입니다.

⑨ "만약 모든 보살이 고요한(靜觀) 지혜로써 지극히 고요한 성품을 증득하여, 문득 번뇌를 끊어(寂觀) 영원히 나고 죽음에서 벗어나면, 이 보살자는 이름이 먼저 사마타를 닦고 뒤에 선나를 닦는 것이니라."

若諸菩薩이 以靜慧故로 證至靜性하야 便斷煩惱하고 永出生死하면 此菩薩者는 名이 先修奢摩他하고 後修禪那니라.

이 절은 '보살이 고요한(사마타) 지혜를 쓰는 고로(鑑空의 慧 內照作用으로) 지극히 고요한 성품을 증득하여', 그리고 또 '번뇌를 끊어(선나) 영원히 나고 죽음에서 벗어나면'(생사해탈)이라 하여, 이 관문은 25륜관 중 제5사마타 정(靜·

至靜) 초수로 선나로 교락한 복수 3정관 수행 관문이며 또한 교락관이기도 합니다.

규봉 설은, 이 관문은 「잠해징공관(湛海澄空觀)'이니, 조용함이 지혜에 의해 번뇌를 끊고는 그대로 생사(生死)를 벗어남이 마치 맑게 가라앉은 바다에 맑은 하늘이 비친 것 같다는 관문이다」하였습니다.

⑩ "만약 모든 보살이 적적 고요한(靜觀) 지혜로써 다시 환의 힘(幻觀)을 나타내어 가지가지로 변화하여 모든 중생을 제도하고, 뒤에 번뇌를 끊어서(寂觀) 적멸에 들어가면, 이 보살자는 이름이 먼저 사마타를 닦고 중간에는 삼마발제를 닦고 뒤에 선나를 닦는 것이니라.

若諸菩薩이 以寂靜慧로 復現幻力하야 種種變化하야 度諸衆生하고, 後斷煩惱하야 而入寂滅이니 此菩薩者는 名이 先修奢摩他하고 中修三摩鉢提하고 後修禪那니라.

이 절은, '적적 고요한(사마타) 지혜로써'(사마타로 번뇌를 닦아 적적 고요한 지혜로써) '다시 환의 힘(삼마발제)을 나타내어 가지가지로 변화(變化)하여 모든 중생을 제도하고' 뒤에 '번뇌를 끊어서(선나) 적멸(寂滅海)에 들어간다'고 한 것입니다. 이 관문은 25륜관 중에 제6 사마타 적정(寂靜·至靜) 초수 복수 3정관이요, 또는 교락관이기도 합니다. 교락관(較絡觀)은 앞에서 말한 바가 있듯이 이 관에서 저 관으로 교락하는 것이니, 이하 제24관문까지가 교락관임도 유념하십시요.

규봉 설은, 이 관은 「'수라삼목관(首羅三目觀)'이니, 수라
(首羅)는 아수라(阿修羅)인데 눈이 셋이라 한다. 이 세 가지
관(觀)을 한꺼번에 닦는 것이 마치 아수라가 세 개의 눈을
동시(同時)에 뜬 것 같다는 관문이다」하였습니다.

⑪ "만약 모든 보살이 지극히 고요한(靜觀) 힘으로써 닦고
번뇌를 끊음을 이미(已) 하고(寂觀), 뒤에 보살의 깨끗한 묘
행을 일으켜 모든 중생을 제도(幻觀)한다면, 이 보살자는 이
름이 먼저 사마타를 닦고 중간에는 선나를 닦고 뒤에 삼마발
제를 닦는 것이니라."

若諸菩薩이 以至靜力으로 斷煩惱已하고, 後起菩薩清淨妙
行하야 度諸衆生하나니, 此菩薩者는 名이 先修奢摩他하고
中修禪那하고 後修三摩鉢提니라.

이 절은 '지극히 고요한(사마타) 힘으로써 닦고 다시 번뇌
를 끊음을 이미(已) 하고(寂觀), 뒤에 묘행을 일으켜(두 관
으로 번뇌를 끊고 묘행을 일으켜) 중생을 제도(삼마발제)'한
다는 것입니다. 이 관문은 25륜관 중의 제7 사마타 지정(至
靜) 초수 복수 3정관입니다.

규봉 설은, 이 관은 「'삼점제수관(三點齊修觀)'이니, 범어
(梵語)의∴점같이 균형있게 찍혔다 하여 여기에서 삼관(三
觀)을 동시(同時)에 닦는 관문이다」하였습니다.

⑫ "만약 모든 보살이 지극히 고요한(靜觀) 힘으로 마음의 번뇌를 끊고, 다시 중생을 제도(幻觀)하여서 세계를 건립(寂觀)한다면, 이 보살자는 이름이 먼저 사마타를 닦고 한꺼번에 삼마발제와 선나를 닦는 것이니라."

若諸菩薩이 以至靜力으로 心斷煩惱하고 復度衆生하야 建立世界하나니, 此菩薩者는 名이 先修奢摩他요 齊修三摩鉢提와 禪那니라.

이 절은, '지극히 고요한(至靜·사마타) 힘으로 마음의 번뇌를 끊고'(먼저 홀로 번뇌를 멸하고) '다시 중생을 제도(삼마발제)하여 세계를 건립(寂滅海·선나)'한다면 이것은 사마타를 닦고 다음에 삼마발제와 선나를 한꺼번에 닦는 것이라 한 것입니다. 이 관문은 25륜관 중에 제8사마타 지정(至靜) 초수 복수 3정관 관문입니다.

규봉 설은, 이 관은 「품자단쌍관(品字單雙觀)'이니, 먼저 사마타는 홀로 닦고, 나중의 삼마발제와 선나는 합쳐서 닦는 것이 마치 품자(品字)의 '구(口)'가 배열된 것 같다는 관문이다」하였습니다.

⑬ "만약 모든 보살이 지극히 고요한(靜觀) 힘으로써 변화(變化·幻觀)를 밑천으로 발하여서 뒤에 번뇌를 끊는다면(寂觀), 이 보살자는 이름이 한꺼번에 사마타와 삼마발제를 닦고 뒤에 선나를 닦는 것이니라."

若諸菩薩이 以至靜力으로 資發變化하야 後斷煩惱하나니, 此菩薩者는 名이 齊修奢摩他와 三摩鉢提하고 後修禪那니라.

이 절은 '지극히 고요한(至靜·사마타) 힘으로써 변화(삼마발제)를 밑천(資)으로 발하여서 뒤에 번뇌를 끊나니(선나)'라고 하여, 곧 먼저 지정(至靜) 초수 사마타관을 닦아 지극히 고요한 힘을 쓰고, 또한 모든 환을 깨끗이 변화시키는 삼마발제관으로 닦는 것을 밑천(資)으로 하여서(두 관을 합쳐 닦고) 뒤에 명수문(明數門)인 선나관으로 번뇌를 끊어 닦는 보살의 관문 이름이 한꺼번에 사마타와 삼마발제를 닦고 뒤에 선나를 닦는 것이라 한 것입니다. 이 관문은 25륜 중의 제9 사마타 지정(至靜) 초수인 복수 3정관입니다.

규봉 설은, 이 관은 「독족쌍두관(獨足雙頭觀)'이니, 먼저 사마타와 삼마발제를 합쳐서 닦고, 나중에 선나를 홀으로 닦아, 마치 머리는 둘에 발은 하나인 것 같다는 관문이다」하였습니다.

⑭ "만약 모든 보살이 지극히 고요한(靜觀) 힘으로써 적멸(寂滅·寂觀)을 밑천으로, 뒤에 작용을 일으켜서 세계를 변화(變化·幻觀)시킨다면, 이 보살자는 이름이 한꺼번에 사마타와 선나를 닦고 뒤에 삼마발제를 닦음이니라."

若諸菩薩이 以至靜力으로 用資寂滅하야 後起作用하야 變化世界하나니, 此菩薩者는 名이 齊修奢摩他禪那하고 後修

三摩鉢提니라.

　이 절은, '지극히 고요한(至靜·사마타) 힘으로써 적멸(寂
滅·선나)을 밑천(資)으로, 뒤에 작용을 일으켜 세계를 변화
(變化·삼마발제)시키나니' 한 것입니다. 이 관문은 25륜관
중의 제10 사마타 지정(至靜) 초수인 복수 3정관입니다. 이
절까지는 사마타를 초수로 하여 닦는 복수 3정관입니다.
　규봉 설의 이 관은 「과낙화부관(果落花敷觀)'이니, 사마
타의 지혜로써 적멸(寂滅)의 결과(結果)를 얻고는 다시 삼
마발제를 닦아 중생을 위하는 만행(萬行)의 꽃을 피운다는
관문이다」 하였습니다.

　⑮ "만약 모든 보살이 변화(變化·幻觀)의 힘으로써 가지
가지를 수순함에 지극히 고요함(靜觀)을 취하면, 이 보살자는
이름이 먼저 삼마발제를 닦고 뒤에 사마타를 닦음이니라."

　若諸菩薩이 以變化力으로 種種隨順하야 而取至靜하면 此
菩薩者는 名이 先修三摩鉢提요 後修奢摩他니라.

　이 절은, '변화(變化·삼마발제)의 힘으로써 가지가지를
수순함에 지극히 고요함(至靜·사마타)을 취하면'이라 한
이것은 먼저 삼마발제를 닦고 뒤에 사마타를 닦는다는 것입
니다. 이 관문은 25륜관 중의 제11 삼마발제 변화(變化·憶
想) 초수인 복수 3정관입니다.
　규봉 설은, 이 관은 「선무후문관(先武後文觀)'이니, 변화

(變化)의 힘이란 삼마발제의 환관(幻觀)을 말하는 것으로서, 온갖 현상(現狀)을 긍정(肯定)하고 시설(施設)하여 중생을 제도하는 것이다. 여기에서 먼저 환관을 닦아서 갖가지경계(境界)에 수순(隨順)하다가 나중에 지극히 조용함을 취(取)한다 하니, 마치 무력(武力)을 써서 전쟁(戰爭)을 치른뒤에 무기(武器)를 버리고 조용한 평정(平定)을 회복(恢復)하는 것 같다는 관문이다」하였습니다.

[변화력(變化力)]은 환관(幻觀)으로 환(幻·四識)을 깨끗이 변화시키는 것과 또는 중생을 교화시키는 변화묘용 등입니다. 6바라밀 중에 보시·지계·인욕·정진과 8정도 중에정사유·정어·정업·정명생활·정정진·정념과 송주(誦呪)·염불·독경 등의 수행이 모두 넓은 의미의 환관에 속하는 것이니, 이것 저것 가지가지로 수행하며 변화력을 일으키는 것이기도 합니다.

❀ "만약 모든 보살이 변화(變化·幻觀)의 힘으로써 가지가지 경계에 적멸(寂滅·寂觀)을 취하면, 이 보살자는 이름이먼저 삼마발제를 닦고 뒤에 선나를 닦음이니라."

若諸菩薩이 以變化力으로 種種境界에 而取寂滅하면 此菩薩者는 名이 先修三摩鉢提는 後修禪那니라.

이 절은 '변화(삼마발제)의 힘으로써(관행을 하고) 적멸(寂滅·寂觀)을 취하면' 곧 먼저 삼마발제를 닦고 뒤에 선나

138

를 닦음이라고 하였습니다. 이 관문은 25륜관 중의 제12 삼마발제 변화(變化·憶想) 초수인 복수 3정관입니다.

규봉 설은, 이 관은 「공성퇴직관(功成退職觀)'이니, 환관의 힘으로써 갖가지 경계에서 중생을 이롭게 하고는 적멸(寂滅)을 취한다 하니, 마치 큰 공(功)을 세우고는 조용히 은퇴(隱退)하는 것 같다는 관문이다」하였습니다.

㉒ "만약 모든 보살이 변화(變化·幻觀)의 힘으로써 부처님 일을 지어, 적적 고요한(寂靜·靜觀)데 편히 머물러서 번뇌를 끊는다면(寂觀), 이 보살자는 이름이 먼저 삼마발제를 닦고 중간에 사마타를 닦고 뒤에 선나를 닦음이니라."

若諸菩薩이 以變化力으로 而作佛事하야 安住寂靜하야 而斷煩惱하면, 此菩薩者는 名이 先修三摩鉢提요 中修奢摩他요 後修禪那니라.

이 절의 '변화(變化·삼마발제)의 힘으로써 부처님 일을 지어(佛事를 하다가) 적정 고요한(사마타)데 편히 머물러서 번뇌를 끊으면'(선나 곧 寂觀으로 끊어 마치면) 이라 한 것입니다. 이것은 먼저 삼마발제 다음 사마타 뒤에 선나를 닦는 것입니다. 이 관문은 25륜관 중의 제13 삼마발제 변화(變化·憶想) 초수인 복수 3정관입니다.

규봉 설은, 이 관은 「환사해술관(幻師解術觀)'이니, 먼저 변화의 힘으로써 불사(佛事)를 하다가 나중에 고요함에 머물러 번뇌를 끊는 것이, 마치 요술쟁이가 요술을 부리다가 요술부리기가 끝나면 요술부리는 도구를 버리고 다시는 하지 않음과 같다는 관문이다」하였습니다.

❀ "만약 모든 보살이 변화(幻觀)의 힘으로써 걸림이 없는 작용을 하여 번뇌를 끊은(寂觀) 연고로 지극히 고요함(靜觀)에 편히 머문다면, 이 보살자는 이름이 먼저 삼마발제를 닦고 중간에는 선나를 닦고 뒤에 사마타를 닦는 것이니라."

若諸菩薩이 以變化力으로 無礙作用하야 斷煩惱故로 安住至靜하나니, 此菩薩者는 名이 先修三摩鉢提요 中修禪那요 後修奢摩他니라.

이 절은 '변화(變化·삼마발제)의 힘으로써 걸림이 없는 작용을 하여(萬行을 하여)' 또는 선나로 '번뇌를 끊은(선나) 연고로, 지극히 고요함(至靜·사마타)'에 편히 머무는 것이니, 곧 먼저 삼마발제로 닦고 가운데 선나 뒤에 사마타를 닦는 것입니다. 이 관문은 25륜관 중의 제14 삼마발제 변화(變化·憶想) 초수인 복수 3정관입니다.

규봉 설은, 이 관은 「신용은해관(神龍隱海觀)」이니, 변화의 힘으로써 걸림이 없는 만행(萬行)을 일으켜 중생을 제도하다가 나중에 조용함에 머무르는 것이 마치 용(龍)이 조화를 부려 비를 뿌리다가 할 일을 다하고는 바다에 숨는 것 같다는 관문이다」하였습니다.

❀ "만약 모든 보살이 변화(變化)의 힘으로써 방편을 작용하

여, 지극히 고요함(靜觀)과 적멸(寂滅)함에 이름에 둘이 다 순히 좇으면, 이 보살자는 이름이 먼저 삼마발제를 닦고 한꺼 번에 사마타와 선나를 닦는 것이니라."

若諸菩薩이 以變化力으로 方便作用하야 至靜寂滅에 二俱 隨順하나니, 此菩薩者는 名이 先修三摩鉢提요 齊修奢摩他 와 禪那니라.

이 절은, '변화(삼마발제)의 힘으로써 방편을 작용하여(혹 外道의 방편을 짓다가), 지극히 고요함(至靜·사마타)과 적 멸(寂滅·선나)에 이름에 두 가지가 다 수순'한 것이니 곧 먼저 삼마발제 다음 한꺼번에 사마타와 선나를 닦는 것입니 다. 이 관문은 25륜관 중의 제15 삼마발제 변화(變化·憶 想) 초수인 복수 3정관입니다.

규봉 설은, 이 관은 「'용수통진관(龍樹通眞觀)'이니, 변화 의 힘으로써 방편을 작용하여 정관(靜觀)과 적관(寂觀)에 들어가는 것이 마치 용수(龍樹)가 처음에는 외도(外道)에서 요술을 부리다가 그것이 계기가 되어 불도(佛道)에 들어온 것 같다는 관문이다」하였습니다.

🀰 "만약 모든 보살이 변화(幻觀)의 힘으로써 가지가지의 작 용을 일으켜 지극히 고요함(靜觀)을 밑천으로 하여 뒤에 번뇌 를 끊으면(寂觀), 이 보살자는 이름이 한꺼번에 삼마발제와 사마타를 닦고 뒤에 선나를 닦는 것이니라."

若諸菩薩이 以變化力으로 種種起用하되 資於至靜하야 後斷煩惱하나니, 此菩薩者는 名이 齊修三摩鉢提와 奢摩他하고 後修禪那니라.

이 절은 '변화(變化 · 삼마발제)의 힘으로써 가지가지의 작용(方便作用)을 일으켜 지극히 고요함(至靜 · 사마타)을 밑천으로 하여 뒤에 번뇌를 끊음斷煩惱 · 선나)'이라 곧 한 꺼번에 삼마발제와 사마타를 닦고, 뒤에 선나를 닦음이라 하였습니다. 25륜관 중 제16 삼마발제 변화(變化 · 憶想) 초수인 복수 3정관입니다.

규봉 설은, 이 관은 「상나시상관(商那示相觀)'이니, 변화의 힘으로써 갖가지 작용을 일으켜서 정관(靜觀)을 돕다가 나중에 적멸(寂滅)에 들어감이 마치 상나화수(商那和修)가 그의 제자(弟子)인 우파국다(憂婆麴多)의 교만(憍慢)을 꺾고는 선정(禪定)에 들어 열반함과 같다는 관문이다」하였습니다.

✻ "만약 모든 보살이 변화(幻觀)의 힘으로써 적멸(寂滅)을 밑천으로 하여 뒤에 깨끗하고 지음이 없는 고요한 생각(無作靜慮 · 靜觀)에 머물면, 이 보살자는 이름이 한꺼번에 삼마발제와 선나를 닦고 뒤에 사마타를 닦는 것이니라."

若諸菩薩이 以變化力으로 資於寂滅하야 後住淸淨無作靜慮하나니, 此菩薩者는 名이 齊修三摩鉢提와 禪那요 後修奢摩他니라.

이 절은, '변화(變化 · 삼마발제)의 힘으로써 적멸(寂滅 ·
선나)을 밑천(資)으로 하여 뒤에 깨끗하고 지음이 없는 고요
한 생각(靜慮 · 사마타)에 머물면'이라고 하여 곧 먼저 한꺼
번에 삼마발제와 선나를 닦고 뒤에 사마타를 닦는 것이라
하였습니다. 25륜관 중 제17 삼마발제 변화(變化 · 憶想) 초
수인 복수 3정관입니다. 이상은 삼마발제관을 초수로 하여
닦는 복수 3정관 7개입니다.

규봉 설의 이 관은 「대통연묵관(大通宴黙觀)'이니, 변화
의 힘으로 적관(寂觀)을 돕다가 나중에 정관(靜觀)에 머무
는 것이 마치 대통지승불(大通智勝佛)이 침묵을 지키시어
십육왕자(十六王子)가 모두 불과(佛果)를 얻게 하고는 자신
(自身)이 열반에 드신 것과 같다는 관문이다」하였습니다.

🕉 "만약 모든 보살이 적멸(寂滅)의 힘으로써 지극히 고요함
(靜觀)을 일으켜 깨끗함에 머물면, 이 보살자는 이름이 먼저
선나를 닦고 뒤에 사마타를 닦는 것이니라."

若諸菩薩이 以寂滅力으로 而起至靜하야 住於淸淨하나니,
此菩薩者는 名이 先修禪那하고 後修奢摩他니라.

이 절은, '적멸(寂滅 · 선나)의 힘으로써 (적멸한 밝은 성
품에) 지극히 고요함(至靜 · 靜觀)을 일으켜(거울과 같은 고
요함을 일으켜) 깨끗함에 머물면'이라 하여 곧 먼저 선나를
닦고 뒤에 사마타를 닦는 것이라 하였습니다. 25륜관 중 제
18 선나 적멸(寂滅 · 明數門) 초수인 복수 3정관입니다.

규봉 설의 이 관은 「보명공해관(寶明空海觀)'이니, 적멸(寂滅)의 힘이란 선나를 이르는 말이요, 지극히 고요함이란 사마타의 정관(靜觀)을 이르는 말이다. 먼저 선나의 고요함에서 출발하여 사마타의 조용함에 이르러 머무는 것이 마치 맑은 구슬이 허공에 비치는 것 같다는 관문이다」하였습니다.

🙂 "만약 모든 보살이 적멸(寂觀)의 힘으로써 작용(幻觀)을 일으켜서 일체 경계에 적적한 묘용이 수순하면, 이 보살자는 이름이 먼저 선나를 닦고 뒤에 삼마발제를 닦는 것이니라."

若諸菩薩이 以寂滅力으로 而起作用하야 於一切境에 寂用隨順하나니, 此菩薩者는 名이 先修禪那하고 後修三摩鉢提니라.

이 절은, '적멸(寂滅·선나)의 힘으로써(明數門으로 닦은 힘으로써) 작용(作用·삼마발제)을 일으켜서' 일체 경계에 적적한 묘용이 수순하면 이라 하여 곧 먼저 선나를 닦고 뒤에 삼마발제를 닦는 것이라 하였습니다. 25륜관 중 제19 선나 적멸(寂滅·明數門) 초수인 복수 3정관입니다.

규봉 설의 이 관은 「허공묘용관(虛空妙用觀)'이니, 작용(作用)이라 함은 삼마발제의 환관(幻觀)을 뜻하는 말이다. 선나의 고요함 위에서 무작위(無作爲)의 작위인 환관을 일으켜 중생을 제도하는 것이 마치 허공이 오묘한 작용을 하여, 노을이나 무지개가 뜨는 것 같다는 관문이다」하였습니다.

꽃 "만약 모든 보살이 적멸(寂觀)의 힘으로써 가지가지의 성품이 고요한 생각(靜慮·靜觀)에 편히 하여 변화(幻觀)를 일으키면, 이 보살자는 이름이 먼저 선나를 닦고 중간에 사마타를 닦고 뒤에 삼마발제를 닦는 것이니라."

若諸菩薩이 以寂滅力으로 種種自性이 安於靜慮하야 而起變化하나니, 此菩薩者는 名이 先修禪那하고 中修奢摩他하고 後修三摩鉢提니라.

이 절은 '적멸(선나)의 힘으로써 가지가지의 성품이(明數門으로 닦은 성품이) 고요한 생각(靜慮·사마타)에 편히 하여 변화(삼마발제)를 일으키면 이'라고 하여 곧 먼저 선나 다음 사마타 뒤에 삼마발제를 닦는 것이라 하였습니다. 25륜관 중에 제20 선나 적멸(寂滅·明數門) 초수인 복수 3정관입니다.

규봉 설의 이 관은 「순야정신관(舜若呈神觀)'이니, 갖가지 제 성품이란 일체 사물(事物)에 공통(共通)되는 적멸(寂滅)의 원리(原理)요, 변화라 함은 중생을 제도키 위한 환(幻)이요, 정려(靜慮)라 함은 정관(靜觀)이다. 여기에서 적·정·환(寂·靜·幻)의 차례로 관행을 닦는 것이 마치 순야다(舜若多) 허공신(虛空神)이 부처님의 광명(光明)을 받으면 잠시 형상을 드러내는 것 같다는 관문이다」하였습니다.

꽃 "만약 모든 보살이 적멸(寂觀)의 힘으로써 지음이 없는 제 성품에 작용(幻觀)을 일으켜서 깨끗한 경계의 고요한 생각(靜慮・靜觀)에 돌아가면, 이 보살자는 이름이 먼저 선나를 닦고 중간에 삼마발제를 닦고 뒤에 사마타를 닦는 것이니라."

若諸菩薩이 以寂滅力으로 無作自性에 起於作用하야 淸淨境界에 歸於靜慮하나니, 此菩薩者는 名이 先修禪那하고 中修三摩鉢提하고 後修奢摩他니라.

이 절은, '적멸(寂滅・선나)의 힘으로써 지음이 없는 제 성품(無作爲의 경지를 證得한 제 성품)에, 작용(作用・삼마발제)을 일으켜서' 깨끗한 경계의 고요한 생각(靜慮・사마타)에 돌아간다'고 하여 곧 먼저 선나 다음 삼마발제 뒤에 사마타를 닦는 것이라 하였습니다. 25륜관 중에 제21 선나 적멸(寂滅・明數門) 초수인 복수 3정관입니다.
규봉 설의 이 관은 「'음광귀정관(飮光歸定觀)'이니, 먼저 적멸의 본체(本體)를 증득하고, 다음에 신통(神通)을 일으키고, 마지막에 선정(禪定)에 드는 것이 마치 가섭(迦葉)이 심지(心地)를 깨닫고는 행화(行化)를 하다가 계족산(鷄足山)에 들어간 것 같다는 관문이다」하였습니다.

䲭 "만약 모든 보살이 적멸(寂觀)의 힘으로써 가지가지 깨끗하므로 고요한 생각(靜慮・靜觀)에 머물러서 변화(幻觀)를 일으키면, 이 보살자는 이름이 먼저 선나를 닦고 한꺼번에 사마타와 삼마발제를 닦는 것이니라."

146

若諸菩薩이 以寂滅力으로 種種淸淨으로 而住靜慮하야 起
於變化하나니, 此菩薩者는 名이 先修禪那하고 齊修奢摩他
와 三摩鉢提니라.

이 절은, '적멸(寂滅·선나)의 힘으로써 가지가지 깨끗하
므로, 고요한 생각(靜慮·사마타)에 머물러서 변화(變化·
삼마발제)를 일으키면'이라고 하여 곧 먼저 선나를 닦고 다
음 한꺼번에 사마타와 삼마발제를 닦는 것이라 하였습니다.
25륜관 중에 제22 선나 적멸(寂滅·明數門) 초수인 복수 3
정관입니다.
규봉 설의 이 관은 「다보정통관(多寶呈通觀)'이니, 먼저
적멸을 닦고, 나중에 정(靜)과 환(幻)을 함께 닦는 것이 마치
다보여래(多寶如來)가 불도(佛道)를 성취한 뒤에 다보탑(多
寶塔) 속(靜)에서 큰 소리를 내어 법화경(法華經)을 찬양(讚
揚)하신(幻) 것 같다는 관문이다」하였습니다.

⚐ "만약 모든 보살이 적멸(寂觀)의 힘으로써 지극히 고요함
(靜觀)을 밑천으로 하여 변화(幻觀)을 일으키면, 이 보살자는
이름이 한꺼번에 선나와 사마타를 닦고 뒤에 삼마발제를 닦
는 것이니라."

若諸菩薩이 以寂滅力으로 資於至靜하야 而起變化하면,
此菩薩者는 名이 齊修禪那와 奢摩他하고 後修三摩鉢提니
라.

이 절은, '적멸(寂滅·선나)의 힘으로써 지극히 고요함(至靜·사마타)을 밑천으로 하여 변화(變化·삼마발제)를 일으키면'이라고 하여 곧 먼저 한꺼번에 선나와 사마타를 닦고 뒤에 삼마발제를 닦는 것이라 하였습니다. 25륜관 중에 제23 선나 적멸(寂滅·明數門) 초수인 복수 3정관입니다.

　　규봉 설은, 이 관은 「하방등화관(下方騰化觀)'이니, 적멸과 정(靜)이 서로 돕고, 거기에서 다시 환관(幻觀)을 닦는 것이 마치 법화회상(法華會上)의 땅 속에서 대중(大衆)이 솟아난 것 같다는 관이다」하였습니다.

　　🐾 "만약 모든 보살이 적멸(寂觀)의 힘으로써 변화(幻觀)함을 밑천으로 하여 지극히 고요함(靜觀)으로 맑고 밝은 경지의 지혜를 일으키면, 이 보살자는 이름이 한꺼번에 선나와 삼마발제를 닦고 뒤에 사마타를 닦는 것이니라."

　　若諸菩薩이 以寂滅力으로 資於變化하야 而起至靜淸明境慧하면, 此菩薩者는 名이 齊修禪那와 三摩鉢提하고 後修奢摩他니라.

　　이 절은, '적멸(寂滅·선나)의 힘으로써 변화(變化·삼마발제)함을 밑천으로 하여 지극히 고요함(사마타)으로 맑고 밝은 경지의 지혜를 일으키면'이라고 하여 곧 먼저 한꺼번에 선나와 삼마발제를 닦고 뒤에 사마타를 닦는 것이라 하였습니다. 25륜관 중에 제24 선나 적멸(寂滅·明數門) 초수인 복수 3정관입니다. 이상은 선나 초수인 복수 3정관 7개

이고, 제4부터 제24 여기까지의 복수 3정관의 총 수는 21개
요, 또한 3정관이 교락하는 그 교락관(較絡觀)도 마찬가지
로 21개 입니다.

규봉 설은, 이 관은 「제청함변관(帝靑含變觀)'이니, 적멸
과 신통(神通)이 서로 돕고, 거기에서 다시 정관(靜觀)을 닦
는 것이 마치 제청주(帝靑珠)에 사물(事物)이 나타나면 곧
나타났다는 그 자체(自體) 그대로가 공(空)한 것 같다는 관
문이다. 제청주는 제석천왕궁(帝釋天王宮)에 있는 구슬이
니 매우 영롱하다고 한다」하였습니다.

🙏 "만약 모든 보살이 원만한 깨달음의 지혜로써 일체에 두
루 합하여 모든 성품(性·靜)과 모양(相·幻)에 깨달음(覺·
寂)의 성품을 여읨이 없으면, 이 보살자는 이름이 세 종류 자
성(性·相·覺性)의 깨끗함에 수순하여 두루 닦은 것(圓修三
觀)이니라. 착한 남자야! 이 이름이 보살 25륜(輪)이니, 일체
보살의 수행이 이와 같으니라."

若諸菩薩이 以圓覺慧로 圓合一切하야 於諸性相에 無離覺
性이니, 此菩薩者는 名이 爲圓修三種自性淸淨隨順이라. 善
男子야, 是名이 菩薩二十五輪이니, 一切菩薩이 修行如是하
니라.

이 절은, 원수삼관(圓修三觀) 절목입니다. 25륜(輪) 관법
중에 제25번째의 관으로 정·환·적(靜幻寂) 3정관을 한꺼
번에 닦는 '원수삼관(圓修三觀)'이니, 곧 '성품(體性·靜·靜

觀)과 모양(相性·幻·幻觀)에 깨달음(覺性·寂·寂觀)의 성품을 여읨 없이' 한꺼번에 잘 닦는 것이니, 이는 '세 종류 자성(性·相·覺)의 깨끗함에' 수순하여 '두루 닦는 것(圓修三觀)이라' 일체 보살의 수행이 이와 같다고 하였습니다. 이상 25개의 관이 모두 다 선정(禪定)의 선(禪)이고, 모두 다 원각의 깨끗한 자성(自性)에 수순하는 관입니다.

🐚 "만약 모든 보살과 말세 중생이 이 25륜에 의지하는 자는 마땅히 행실을 잘 지켜 고요히 생각하여 참회를 구하기를 애원하며 삼칠일을 지내어서, 이십 오륜에 각기 표하여 기록을 하여 놓고, 지극한 마음으로 수행법 구함을 애원하여 제 마음대로 하나를 취하여 취한 것을 펴 보면 문득 돈문(頓門)인지 점문(漸門)인지 알리니, 한 생각이라도 의심하고 후회하면 곧 성취를 하지 못하느니라."

若諸菩薩과 及末世衆生이 依此輪者는 當持梵行하여 寂靜思惟하야 求哀懺悔함을 經三七日하야, 於二十五輪에 各安標記하고, 至心求哀하야 隨手結取하야 依結開示하면 便知頓漸하리니, 一念疑悔하면 卽不成就니라.

이 절은, '이 25륜에 의지하는 자는' 먼저 행실을 깨끗이 잘 하고 3·7일을 참회 기도를 하고 25륜관 중에 하나를 취하여 '돈문인지 점문인지를 알고 닦으면 원각(圓覺)에 수순할 것이요, 의심하거나 수행이 허망하다고 후회하면 성취할 수 없다'는 뜻입니다. 그리고, 여기까지가 〈물음 1〉의 답이 끝나는 곳입니다.

[돈문(頓門)]은 한꺼번에 몰록 깨닫는 방편문이니, 곧 차례를 밟아서 학습하거나 수행치 않고 한 찰나에도 깨칠 수 있는 사마타관 관행 같은 것입니다.

[점문(漸門)]은 차례를 밟아 수행하는 문이니, 곧 과일이 차차로 익어감 같은 것이 점문이고, 거울에 사물이 담박 비치는 것 같은 방편을 돈문이라 하는 것이며, 이 점문은 삼마발제관 관행 등입니다.

※ 그 때에 세존이 거듭 이 뜻을 펴시고자 하여 게송으로 말씀하셨다.

"변음아! 네 마땅히 알아라. 일체 모든 보살의
걸림이 없는 깨끗한 지혜가 다 선정(禪定)을 의지하여 낳느니,
이른바 사마타와 삼마발제와 선나이니라.
세 가지 법을 돈문과 점문으로 닦으려면 이십 오종이 있으니,
시방의 모든 여래와 삼세의 수행자가
이 법으로 수행하지 아니하고는 보리(菩提果)를 성취하지 못하느니라.
오직 몰록 깨달은 사람과 아울러 법도 수순하지 않는 이는 제외하느니라.
일체 보살과 말세 중생이

항상 이 이십오륜 관문(觀門)을 지니고 수순하여 부지런
히 닦고 익히면,
　　부처님 대비하신 힘에 의지하여 오래지 않아 열반을 증득
할 것이니라."

　　爾時에 世尊이 欲重宣此義하사 而說偈言하사오되,
　　辨音아, 汝當知하라. 一切菩薩의
　　無礙清淨慧가 皆依禪定生이니,
　　所謂奢摩他와 三摩鉢提와 禪那이라.
　　三法頓漸修가 有二十五種하니
　　十方諸如來와 三世修行者가
　　無不因此法하야 而得成菩提니라.
　　唯除頓覺人과 並法不隨順이니라.
　　一切菩薩과 及末世衆生이
　　常當持此輪하야 隨順勤修習하면
　　依佛大悲力하야 不久證涅槃이니라.

　　이 절은 본 장의 요지이니, 곧 '걸림이 없는 깨끗한 지혜
(清淨慧)가' 다 이 '선정(禪定)을 의지하여 낳으니 이른바 사
마타와 삼마발제와 선나이니라', 이 세 법을 '돈문(頓門)과
점문(漸門)으로 닦는 것이 25종이라', 이 관문(觀門)을 지니
고 수순하여 부지런히 닦고 익히면 오래지 않아 열반과 보
리를 증득할 것이라는 요지입니다.
　　이 장은, 사마타・삼마발제・선나관인 이 3정관을 홑(單
修)과 겹(複修)으로 닦는 25륜관으로 수단복 이십오륜관(修

單複二十五輪觀)입니다. 이 관은 모두 원각(圓覺)으로 수순하는 것이라 하고, 어느 하나를 취하여 수증하면 열반과 보리과(菩提果)를 얻으리라는 것입니다. 이 관은 정륜(定輪)이니, 정(定)은 선정(禪定)으로 모두 선(禪)입니다.

여기서 또한 특히 주의할 것은 부처님이 말씀한 이 3정관이 분명한 선(禪)인데, 보통 선(禪)하면 중국의 선종(禪宗)을 앞세우고, 중국 선종(禪宗) 달마조사의 선(禪)만이 참선이라 하면 큰 과오가 되니 각별히 유념할 일이고, 다음 선과 정도 유념하십시오.

[선(禪)과 정(定)의 구별] 선(禪)은 범어 선나(禪那)의 준말이고 정(定)은 한역(漢譯)으로 두 뜻을 합하여 선정(禪定)으로 사용되어 왔으며, 선나는 정려(靜慮·慧), 사유수(思惟修·定)라 번역합니다. 그러므로 선나 곧 선정은 정혜(靜·慧) 통칭으로 선(禪)이나 정(定)은 모두 두 그 뜻으로 통용하나, 선(禪)은 정혜 통칭으로만 쓰고, 정(定)은 혜가 없는 것으로 선과 정을 구분하기도 합니다. 그러니, 3계(界) 28천(天) 중에 무색계 4천은 혜(慧)가 없는 정(定)천임도 참고로 부언해 둡니다.

(10) 정제업장보살(淨諸業菩薩章) [사상을 제거하라(除四相)]

① 이에 정제업장보살이 대중 가운데 있다가 곧 자리에서 일어나 부처님 발에 절하고, 오른 편으로 세 번 돌고 무릎을 꿇어 손을 모아 합장하고 부처님께 사뢰오되, "대비하신 세존이시여! 저희를 위하여 널리 이와 같이 생각으로는 알 수 없

는 일이며, 일체 여래의 인지(因地)에서 공부하던 행의 모양을 말씀하시어, 모든 대중으로 하여금 일찍이 있음이 없던 바를 얻게 하시어, 조어사(調御師)께서 항하사겁을 지나오면서 부지런히 괴롭게 수행하신 경계와 일체 공부에만 힘을 써서(功用) 보신 것을 오직 한 생각에 알게 하심 같으시니, 저희들 보살이 깊게 스스로 경사스러움에 위안하나이다.”

    於是에 淨諸業障菩薩이 在大衆中이라가 即從座起하야 頂禮佛足하시고, 右繞三匝하시고 長跪叉手하고 而白佛言하사오되, 大悲世尊이시여, 爲我等輩하야 廣說如是不思議事하시며, 一切如來因地行相하사, 令諸大衆으로 得未曾有케 하시며, 覩見調御 歷恒河沙劫에 勤苦境界와 一切功用을 猶如一念하니, 我等菩薩이 深自慶慰니다.

    이 절은, 정제업장보살이 청법의 예절을 갖추고, ‘인지(因地)에서 공부하던 행의 모양(二十五輪觀)을 말씀하시어’ ‘저희들의 큰 경사가 됩니다’ 하고 찬탄하는 것입니다.

    [정제업장보살은 모든 업장을 깨끗이 잘 닦아, 본 성품을 드러내는 데에 상수(上首)가 되는 보살입니다.

    ② “세존이시여! 만일 이 깨닫는 마음의 본래 성품이 깨끗하면 무엇으로 인하여 더럽혀져서 모든 중생으로 하여금 미혹하여 불쌍하게도 들어가지 못하게 하나이까? 오직 원하건

대, 여래께서 널리 저희들을 위하여 법 성품을 열어 깨닫게 하여서 이 대중과 말세 중생으로 하여금 장래의 바른 안목(眼目)을 얻게 하옵소서."

世尊이시여, 若此覺心의 本性이 淸淨이면 因何染汚하야 使諸衆生으로 迷悶不入이닛고. 唯願如來廣爲我等하사 開悟 法性하사, 令此大衆과 及末世衆生으로 作將來眼케 하소서.

이 절은 〈물음 1〉이니, 본래의 '본 성품이 깨끗하면 무엇 으로 인하여 더럽혀져서' 본 성품에 '들어가지 못하게 하나 이까?' 하여 묻고, '법 성품을 열어 깨닫게' 본 성품을 여는 방편을 말씀하여 주시고, 중생들이 장래에 바른 법을 깨달 을 수 있는 바른 안목(眼目)을 얻게 하옵소서, 하고 청법을 한 것입니다.

③ 이 말하기를 마치고 오체를 땅에 대고 절하며, 이와 같 이 세 번 청하기를 마치고 다시 하려 하시니, 그 때에 세존이 정제업장보살에게 말씀하셨다. "좋고 좋구나, 착한 남자야! 너희들이 이에 능히 모든 대중과 말세 중생을 위하여 여래의 이와 같은 방편을 물으니, 너 이제 자세히 들어라. 마땅히 너 를 위하여 말하리라."

說是語已하시고 五體投地하사 如是三請을 終而復始하시 니, 爾時에 世尊이 告淨諸業障菩薩하사되, 善哉善哉라 善男

子야, 汝等이 乃能爲諸大衆과 及末世衆生하야 諮問如來의 如是方便하나니, 汝今諦聽하라 當爲汝說하리라.

이 절은, '이와 같은 방편' 곧 법 성품(四相·마음 성품)을 열어 보여 깨닫게 하고, 장래에 바른 법을 깨달을 수 있는 바른 안목(眼目)을 얻게 하는 방편을 물으니, '너 이제 자세히 들어라' 하여 법을 설할 것을 승낙하는 것입니다

④ 때에 정제업장보살이 승낙하심을 받들어 기뻐하며 모든 대중들과 함께 조용히 들으셨다. "착한 남자야! 일체 중생이 비롯함이 없이 좇아옴으로 망령되이 나(我相)와 너(人相)와 중생(衆生相)과 수명(壽命相)이 있다고 고집하여 네 가지 뒤바뀐 생각을 잘못 알아서 실로 내 몸을 삼으니, 이것으로 말미암아 문득 밉고(憎) 사랑스러움(愛)의 두 경계를 낳아서 허망한 몸에 거듭 허망을 고집하여 두 망령(妄)이 서로 의지하여서 망령된 업을 낳고, 망령된 업이 있는 연고로 망령되이 나고 죽음에 굴러 흐름을 보고, 나고 죽음에 굴러 흐름을 싫어하는 자는 망령되이 열반을 보려 하느니라."

時에 淨諸業障菩薩이 奉敎歡喜하사와 及諸大衆과로 黙然而聽하사옵더니, 善男子야 一切衆生이 從無始來로 妄想執有我人衆生及與壽命하야 認四顚倒爲實我體하나니, 由此하야 便生憎愛二境하야 於虛妄體에 重執虛妄하야 二妄이相依하야 生妄業道하고 有妄業故로 妄見流轉하고 厭流轉者

는 妄見涅槃하나니라.

이 절은, 〈물음 1〉에 답하는 것입니다. 나(我相·전5식)와 너(人相·6식)와 중생(衆生相·7식)과 수명(壽者相·8식)이 있다고 고집하여 내 몸(體)을 삼으니. 이것으로 '증(憎)·애(愛)'를 낳고, 이 두 망(妄)이 서로 의지하여 망업(妄業)을 짓게 되어 윤회하고, 나고 죽음을 '싫어하는 자는 망령되이 열반을 보려 한다'는 것입니다.

⑤ "이로 말미암아 능히 깨끗한 깨달음에 들어가지 못하는 것임에 깨달음이 모두 능히 들어가는 놈을 항거하고 어기고 막음이 아니라, 모든 있는 것들이 능히 들어감(能入)에 깨달아 들어감(能覺)이 아닌 까닭이니라. 그러므로 움직이는 생각(動念·凡夫)과 더불어 생각이 쉼(息念·二乘)이 다 미혹하여 민망함에 이어 돌아가는 것이니라."

由此하야 不能入淸淨覺일새 非覺違拒諸能入者라 有諸能入이 非覺入故니라. 是故로 動念과 及與息念이 皆歸迷悶이니라.

이 절은, 증(憎)·애(愛) 이 두 망령이 '이로 말미암아' 곧 윤회를 싫어하고 열반을 즐거워하는 '움직이는 생각(動念·凡夫)'과 '생각이 쉼(息念·二乘·聲聞 등이 생각을 끊어서 쉼)이 다 미혹하여 답답하고 어리둥절한 민망함에 돌아가는 것'이라는 뜻입니다.

⑥ "어째서 그런가? 비롯함이 없이 본래 일으킨 무명(無明)
이 몸에 주인(主宰)이 되어 있음으로 말미암아 일체 중생이
생겨남에 지혜 눈이 없어서 몸과 마음 등 성품이 다 이 무명
이니, 비유하자면 어떤 사람이 있어 스스로 목숨을 끊지 못함
과 같으니라. 그러므로 분명히 알아라."

何以故오. 由有無始本起無明이 爲己主宰하야 一切衆生
이 生無慧目하야 身心等性이 皆是無明이니, 譬如有人이 不
自斷命이라, 是故로 當知하라.

이 절은, '무명(無明)이 주인(主宰)이' 되어 있기 때문에
무명(無明・四相性品)을 끊기가 마치 '스스로 목숨을 끊지
못함과 같으니라' 한 것입니다.

⑦ "나를 사랑함이 있는 자는 나와 더불어 수순하고, 수순
하지 않는 자는 문득 밉고 원망스러움을 내나니, 밉고 사랑하
는 마음이 무명을 기르는 것이므로 상속되어서, 도를 구하더
라도 다 성취하지 못하는 것이니라."

有愛我者는 我與隨順하고, 非隨順者는 便生憎怨하나니,
爲憎愛心하야 養無明故로 相續求道라도 皆不成就니라.

이 절은, 믿고 사랑하는 마음이 '무명을 기르는 것이므로 상속되어서, 도를 구하더라도 다 성취를 못하는 것'이라 하였습니다.

⑧ "착한 남자야! 어떤 것을 아상(我相・前五識)이라 하는가? 이르되 모든 중생의 마음에 증(證)하는 바의 것이니, 착한 남자야! 비유하면 어떤 사람이 있어 온 뼈가 고루 편안함에 문득 내 몸을 잊어버렸다가 사지를 당기고 늦추는 혈맥병(弦緩病)에 섭양치료를 방법에 어긋나게 하여 조금이라도 침이나 뜸을 더하면 곧 내(我)가 있음을 아나니, 그러하므로 증(證)함을 취함으로써 바야흐로 내 몸(體)을 나타내느니라."

善男子야 云何我相고, 謂諸衆生의 心所證者니, 善男子야, 譬如有人이 百骸調適에 忽妄我身타가 四肢弦緩에 攝養을 乖方하야 微加針艾하면 即知有我하나니, 是故證取로 方現我體니라.

이 절은, '어떤 것을 아상(我相・前五識)이라 하는가' 이르되 '마음에 증(證)하는 바의 것이니' 뜻을 떠서 따끔하면 '내(我相・前五識)가 있음을 아나니' 그런고로 '증(證)함을 취함으로써 내 몸(體)을 나타낸다' 한 것입니다.

[아상(我相・色蘊受蘊)]은 눈・귀・코・혀・몸으로 받아들이는 마음이니, 곧 몸과 받아들이는 마음이 아상이요, 전5

식이며, 전5식은 증득(證)하는 자입니다.

[사지현완(四肢弦緩)]은 네 손발이 당기고 늦추는 혈맥병(血脈病・弦緩病))입니다. 그런데 그 중의 '현(弦・맥도수현)' 자가 '줄현(絃)'자로 되어 있는 원각경이 있으니, 유념하여 보십시오. 여기서는 세조조 국역판 원각경 목판본에 의거하여 '현(弦)' 자로 한 것으로 현(弦)자가 옳은 것으로 생각이 됩니다.

⑨ "착한 남자야! 그 마음은 여래가 마지막 깨달아 마친 깨끗한 열반을 증득(證)하였을지라도 다 아상(我相)이니라. 착한 남자야! 어떤 것을 인상(人相)이라 하는가? 이르되 모든 중생의 마음에 증득을 깨닫는 자이니, 착한 남자야! 내가 있음을 깨닫는 자(悟者)는 다시 아상(我相)을 인정하지 아니하는 것이라, 깨닫는 바는 아상이 아니니라."

善男子야, 其心이 乃至證於如來 畢竟了知淸淨涅槃이라도 皆是我相이니라. 善男子야, 云何人相고. 謂諸衆生의 心悟證者니 善男子야, 悟有我者는 不複認我일새, 所悟는 非我니라.

이 절은, '어떤 것을 인상이라 하는가? 모든 중생의 마음에 증득을 깨닫는 자라' 깨닫는 것은 아상이 아니라(我相 나 아니라 너 人相 분별식이라) 한 것입니다. 열반을 증득하였을 지라도 몸은 아상(我相)이니라.

[인상(人相 · 想蘊)]은 생각하는 마음이니, 나(我相 · 몸과 받아들이는 마음) 아닌 너(人 · 생각하는 마음)라 하는 인상 (人相)이요, 제6식(識)이며 제6식은 오(悟)하는 자입니다.

⑩ "깨달음(悟)도 또한 이와 같아서 깨달음(悟)이 이미 일 체 증자(證者)를 초과하더라도 다 인상(人相)이 되느니라. 착 한 남자야! 그 마음이 내지 원만하게 깨달은 열반이 다 이 나 인 것을 깨달아서 마음에 조금이라도 깨달음이 있으면, 증득 한 이치를 갖추어 다 하였더라도 그 이름이 인상(人相)이니 라."

悟亦如是하야　悟己超過一切證者라도　悉爲人相이니라. 善男子야, 其心이　乃至圓悟涅槃이　俱是我者하야　心存少悟 하면, 備殫證理라도 皆名人相이니라.

이 절은, '깨달음(悟)이 이미 일체 증자를 초과하더라도', '깨달아서 마음에 조금이라도 깨달음이 있으면 증득한 이치 를 갖추어 다 하였더라도' 인상(人相)이라 한 것입니다. 앞 의 아상인 전5식은 허명망상(虛明妄想)자요, 이 인상 곧 제6 식은 융통망상(融通妄想)자입니다.

⑪ "착한 남자야! 어찌하여 중생상(衆生相 · 七識)이라 하 는가? 이르되 모든 중생의 마음에 스스로 증득(證 · 我相)하 여 깨닫는 것(悟 · 人相)이 미치지 못하는 자(幽隱妄想者)이

니, 착한 남자야! 비유하면 어떤 사람이 있어 이와 같은 말을 지어 하되, 내가 이 중생(衆生相)이라 하면 곧 알지어다. 저 사람이 중생이라고 말하는 자가 나(我相)도 아니요, 남(彼人·人相)도 아니란 말이니, 어찌하여서 내가 아닌 것인가? 내가 이 중생이라 하니 곧 이 내가 아니요, 어찌하여 저가 아닌가? 내가 이 중생이라 하니 저가 아니고 내인(나도 너도 아닌 내인) 연고니라."

善男子야, 云何衆生相고. 謂諸衆生의 心自證悟所不及者니, 善男子야, 譬如有人이 作如是言하되 我是衆生이라 하면 則知彼人說衆生者 非我非彼니, 云何非我인고, 我是衆生이라 하니 則非是我요, 云何非彼인고, 我是衆生이라 하니 非彼이고 我인 故니라.

이 절은, '어찌하여 중생상이라 하는가?' 증(證) 하고 오(悟) 하는 것이 미치지 못하는 자(幽隱妄想者)니, '나(我相)도 아니요, 남(彼人·人相)도 아니란 말이니' 하고, 다시 내(我相)가 아니요, 저(人相)가 아니고, 그 둘 아닌 '내가 이 중생(衆生相)이라'는 뜻입니다.

[중생상(衆生相·行蘊)]은 기멸자(起滅者)니, 났다가 멸했다가 하는 마음입니다. 마음이 처음 나오는 움직임의 시초와 멸하는 끝 요(了)자니, 제7식(識) 자며, 7식을 요(了)하는 자입니다.

⑫ "착한 남자야! 다만 모든 중생이 중득하여 마치는 것(了證·我相)과 깨달아 마치는 것(了悟·人相)도 다 아상과 인상이 되나니, 아상(我相)과 인상(人相)이 미치지 못하는 자(幽隱妄想者)가 조금 알음알이가 있는 것(了者)을 이름하여 중생상(衆生相)이라 하느니라."

善男子야, 但諸衆生이 了證了悟도 皆爲我人이니, 而我人相所不及者에 存有所了를 名衆生相이니라.

이 절은, '아상과 인상이 미치지 못하는 자가 조금 알음알이가 있는 것'이 중생상이라 한 것입니다. 곧 제6식(人相) 중에 잔여말나식(殘餘末那識)의 반분미세(半分微細)한 타열자(墮裂者)로, 미세한 그 작은 알음알이가 있는 자가 중생상이라는 뜻을 제시한 것입니다. 다시 말하자면 생각이 처음 일어나는 첫번째의 미세한 알음알이와 생각이 사라질 때의 마지막 미세한 알음알이입니다.

⑬ "착한 남자야! 어떤 것을 수명상(壽命相)이라 하는가? 이르되 모든 중생의 마음에 비치는 것이 깨끗한 것(心照淸淨·八識)이니, 깨달은 이가 알 바요 일체 업(業)의 지혜로는 스스로 보지 못할 바니. 마치 목숨의 뿌리(命根)와 같으니라."

善男子야, 云何壽命相고. 謂諸衆生의 心照淸淨이니 覺의 所了者요, 一切業智의 所不自見이 猶如命根이니라.

이 절은, '어떤 것을 수명상(壽命相·八識)이라 하는가?' '중생의 마음에 비치는 것이 깨끗한 것(八識照者·淸淨者)이니, 깨달은 이가 알 바요', 업의 지혜로는 보지 못할 바니, 마치 '목숨의 뿌리와 같으니라' 는 것입니다.

[수명상(壽命相)]은 수자상(壽者相·識蘊)이라고도 하는 것으로, 모든 마음의 뿌리가 되는 마음이니, 형상이 없는 망상(罔象妄想)입니다. 그리고 수명상인 이 식온(識蘊)은 보통 분별식으로 보는 이가 많으나, 분별식이 아니고 수·상·행(受想行)의 체(體)이며, 모든 마음이 잠입합잠(湛入合湛)하는 자리입니다. 그러니까, 수명상은 식음(識陰·識蘊)이며, 제 8식이요, 제 8식은 조(照)하는 자입니다. 특히 유념할 것은 이 4상(相=我·人·衆生·壽命相)이 5음(陰) 곧 5온(蘊=色·受·想·行·識蘊)임을 분명히 알아야 합니다.
[사상(四相)]은 아상(我相·色蘊, 受蘊)·인상(人相·想蘊)·중생상(衆生相·行蘊)·수자상(壽者相·識蘊)입니다. 자세한 것은 『바른 한글 반야심경』5온도(蘊圖)를 참조하십시오.

⑭ "착한 남자야! 만약 마음이 일체 깨달은 자를 비쳐 보더라도(照見) 다 티끌과 때(塵垢)가 되나니, 깨달음(覺·能覺)과 깨달은 바(所覺)가 티끌(塵·照者)을 여의지 못한 연고이니라. 끓는 물에 얼음을 녹임 같은 것임에 따로 남아 있으면 얼음이 얼음 녹임을 알지 못하는 것이어서 나를 남겨두고 나

를 깨닫는 것도 또한 다시 이와 같으니라."

善男子야, 若心照見一切覺者라도 皆爲塵垢니 覺과 所覺
者不離塵故니라. 如湯銷氷에 無別有氷이면 知氷銷者하야
存我覺我도 亦復如是니라.

이 절은, '마음이 일체 깨달은 자를 비쳐 보더라도 다 티
끌과 때(塵垢)가 되나니' 보는 놈(照)이 있으면 그 조(照)자
도 환지(幻智)라 티끌을 여의지 못한 것이니, 그것까지 여의
어야 한다는 것입니다. 마치 얼음이 조금이라도 남아 있는
데 얼음이 다 녹았다고 알았다 함과 같이, 나(照者)를 남겨
두고 일체의 환을 다 여의어 깨달았다는 것도 또한 이와 같
다, 한 것입니다.

⑮ "착한 남자야! 말세 중생이 사상(四相)을 요달(了)하지
못하면, 비록 여러 겁을 지나서 부지런히 괴롭게 도(道)를 닦
았더라도 다만 이름이 함이 있음(有爲)이요, 마침내 능히 일
체 성현의 과(果)는 이루지 못하는 것이니, 이 까닭으로 이름
이 정법 말세(正法末世)라 하느니라."

善男子야, 末世衆生이 不了四相하면 雖經多劫하야 勤苦
修道라도 但名有爲요 終不能成一切聖果하리니, 是故로 名
爲正法末世니라.

이 절은, 4상을 요달(了)하지 못하면(통달하지 못하면) 여러 겁을 닦더라도 유위도(有爲道)에 머물고, 성현의 과(果)는 이루지 못하는 것이니, '이름이 정법말세라 하느니라' 한 것입니다.

[정법말세(正法末世)]는 착하게 닦는 길은 정법이나, 잘못 알아서 착하게 살고 또 닦아도 유위선과(有爲善果) 등에 머무는 자가 많은 시대를 정법말세라 하는 것입니다. 현세에는 그런 종교의 수행문이 많은 것이니, 실로 바른 불교의 이 수행문으로 인도하여 제도하는 데 크게 유념할 일이기도 합니다.

※ "어찌하여 그런가? 일체 나를 그릇 알아서 열반을 삼는 연고며, 증득(證)함이 있고 깨달음(悟)이 있는 것으로 이름을 성취라 하는 연고니라."

何以故오. 認一切我爲涅槃故며 有證有悟로 名成就니라.

이 절은 '어찌하여 그런가?' 오직 하나 '아상을 여의어 증득(證)함이 있고' 혹은 '인상을 여의어 깨달음(悟)이 있으면' 성취라 하는 연고라, 하여 아직 해탈하지 못한 도에 머무름을 말하는 것입니다. 전 5식(我相)을 증(證)한 아나함과(阿那含果)는 유위선과요, 제6식(人相)을 오(悟)한 수다원과(須多恒果)도 유위선과(有爲善果)니 예류과(預流果)라고 하고, 또는 이제 막 입류(無爲道入流) 자리라고도 하는 것이

니, 바른 깨달음이 아닌데 그런 경계를 열반으로 삼는 까닭
이라는 것입니다.

㉮ "비유하면 어떤 사람이 도적을 잘못 알아 아들로 삼아 그
집의 재물이 마침내 성취하지 못함과 같으니, 어찌하여 그런
가? 나를 사랑함이 있는 자는 또한 열반을 사랑하여 나의 사
랑의 뿌리(愛根)를 굴복시켜 열반상을 삼고, 나를 미워함이
있는 자는 또한 나고 죽음을 미워하되, 사랑하는 자가 참으로
나고 죽음인 줄 알지 못하는 연고로 별로 나고 죽음을 미워해
서 이름이 해탈하지 못하는 것(不解脫)이니, 어찌 마땅히 법
(解脫法)과 해탈하지 못함(그 原因)을 알리요."

　譬如有人이 認賊爲子에 其家財寶가 終不成就하나니 何以
故오. 有我愛者는 亦愛涅槃하야 伏我愛根하야 爲涅槃相하
고, 有憎我者는 亦憎生死하되 不知愛者가 眞生死故로 別憎
生死 名不解脫이니, 云何當知 法不解脫이리오.

　본 절은, 비유하면 도적을 아들로 삼아서 재물 성취를 못
함 같아서 곧 '나를 사랑함이 있는 자는 또한 열반을 사랑하
여 애근(愛根)을 굴복(伏)시켜 열반상(涅槃相)을 삼고', 나
고 죽음을 미워하되 사랑하는 자가 참으로 나고 죽음의 원
인인 줄을 알지 못하는 연고로, 또 생사를 미워해서 해탈을
못하는 것이니, '어찌 법(解脫法)과 해탈하지 못함(그 原因)
을 알리요(凡夫가 알 것이리요)'라고 한 것입니다.

❀ "착한 남자야! 저 말세 중생이 보리(菩提)를 익히는 자가 제 몸에 조그만 증득으로써 스스로 청정하다 하면 오히려 아상(我相) 근본을 다한 사람이 아니요, 만약 다시 어떤 사람이 있어 저 법을 찬탄하면 곧 즐거워함을 내어서 문득 남을 가르치고자 하고, 만약 다시 저 얻은 바를 비방하는 자는 문득 성내고 원한심을 내느니, 곧 알아라. 아상이 깊게 뿌리를 가지고 있어서 장식(第八含藏識)에 잠복하여 모든 뿌리(根)에서 놀아서 일찍 끊어질 사이가 없느니라."

善男子야, 彼末世衆生이 習菩提者가 以己徵證으로 爲自淸淨하면 由未能盡我相根本이요, 若復有人이 讚歎彼法하면 卽生歡喜하야 便欲濟度하고 若復誹謗彼所得者는 便生瞋恨하나니, 則知 我相이 堅固執持하야 潛伏藏識하야 遊戲諸根하야 曾不間斷하나니라.

이 절은, '보리(菩提道)를 익히는 자'는 증득하는 종류가 많으니, 조금 깨쳤다 하여 좋아하거나 비방을 한다고 미워하거나 하면, 마음에 제8식의 장식(藏識·第八含藏識)에서 놀아서 번뇌를 제거할 사이가 없다는 것입니다.

❀ "착한 남자야! 저 도를 닦는 자가 아상(我相)을 제거하지 않으면 이 까닭으로 능히 깨끗한 깨달음에 들어가지 못하느니라. 착한 남자야! 만약 내가 빈 공인 것을 알면, 나를 헐뜯을 자가 없고, 내가 법을 말함이 있으면 아상을 끊지 못한 연고니라. 중생(衆生相)과 수명상(壽命相)도 또한 다시 이와 같

으니라."

善男子야, 彼修道者不除我相이면 是故로 不能入淸淨覺이
니라. 善男子야, 若知我空하면 無毁我者하고, 有我說法하면
我未斷故라. 衆生과 壽命도 亦復如是니라.

이 절은 '도를 닦는 자가 아상을 제거하지 않으면' 각(覺)
하지 못하느니, '내가 빈 공(空)인 것을 알면(悟知) 한다면)
나를 헐뜯을 자가 없고' 법을 말함이 있으면 아상을 끊지 못
한 것이라, 중생상과 수명상도 또한 이와 같다 한 것이니,
다 제거하여야 한다는 것입니다.

☖ "착한 남자야! 말세 중생이 병을 말하여 법이라고 하나
니, 이런 까닭으로 이름이 가히 가련하고 불쌍한 자라 하느니
라. 비록 부지런히 정진하기는 하지만 병만 더하는 것이니,
이런 고로 능히 깨끗한 깨달음에 들어가지 못하느니라."

善男子야, 末世衆生이 說病爲法하나니, 是故로 名爲可憐
愍者니라. 雖勤精進이나 增益諸病이니 是故로 不能入淸淨
覺이니라.

이 절은 앞에서 말한 내가 빈 공(空)임을 알지 못하고 잘
못 보는 견해로 병(病)을 모르고 '병을 말하여 법이라고 하
나니' 곧 앞에서 말했듯이 4상(相) 중에 어느 하나를 증(證)

하거나 오(悟)하거나 요(了)하거나 조(照)한 것을 열반이라
하고 각(覺)이라 하는 병과, 열반상을 사랑하고 나고 죽음을
미워하는 병 등 이러한 잘못 본 견해의 병(病)을 법(法)이라
하여 닦으면, '정진하기는 하지만 병만 더하는 것이니' 깨달
음에 들어가지 못한다는 것입니다.

☙ "착한 남자야! 말세 중생이 사상(四相)을 요달하지 못하
고, 여래의 아는 것과 행한 바 그것(處)으로써 자기의 수행을
삼아서 마침내 성취하지 못하는 것이니, 혹 있는 중생이 얻지
못한 것을 얻었다 이르고, 증득하지 못한 것을 증득했다 이르
고, 뛰어나게 정진하는 자를 보면 마음으로 질투를 내고, 저
중생을 말미암아서 나를 사랑함을 끊지 못하는 것이니, 이러
한 고로 능히 깨끗한 깨달음에 들어가지 못하느니라."

　善男子야, 末世衆生이 不了四相하고 以如來解와 及所行
處로 爲自修行하야 終不成就하나니, 或有衆生이 未得謂得
하고 未證謂證하고 見勝進者하면 心生嫉妬하고, 由彼衆生
이 未斷我愛니, 是故로 不能入淸淨覺이니라.

　이 절은 '사상(四相)을 요달하지 못하고, 여래의 아는 것
과 행한 바 그것(處)' 곧 여래가 수행하여 깨달은 곳 그것
(處)의 이치와 이론 등을 알고, 그것을 자기의 수행인 것처
럼 하고, 또는 뛰어나게 잘 닦는 수행자를 보고 질투하거나
하면 나를 사랑함을 끊지 못하는 것이니, 깨달음에 들어가

지 못한다는 것입니다.

❀ "착한 남자야! 말세 중생이 도를 성취하기 희망하되 깨우
침을 구하지 아니하고 오직 많이 듣기만 하여 나의 소견만 더
늘어나는 것이니, 다만 마땅히 정근하여 번뇌를 항복시켜서
크게 용맹을 일으켜 얻지 못한 것을 그리하여 얻게 하고, 끊
지 못한 것을 끊게 하여서, 탐내고 성내고 사랑하고 오만함과
아첨함과 질투하는 마음의 경계를 대하여도 남이 없어서, 네
라 내라 은혜(恩)라 사랑(愛)이라 하는 일체가 적멸하면, 부
처님 말씀에 이 사람은 점차 성취하리라 하느니라."

　善男子야, 末世衆生이 希望成道커든 無令求悟하라 唯益
多聞하야 增長我見이니, 但當精勤하야 降伏煩惱하야 起大
勇猛하야 未得令得하고, 未斷令斷하야 貪瞋愛慢諂曲嫉妒를
對境不生하야 彼我恩愛가 一切寂滅하면 佛說是人은 漸次成
就니라.

　이 절은 '깨침을 구하지 아니하고 오직 많이 듣기만 하면'
나(我)의 소견만 늘어나는 것이니, 번뇌를 끊음에 용맹정진
을 하며, 탐내고 성내고 '네라 내라 은혜(恩)라 사랑이라 하
는 일체가 적멸하면' 성취하리라는 뜻을 제시하고, 이렇게
닦는 자는 '부처님 말씀에 이 사람은 점차 성취하리라'는 것
입니다.

卍 "선지식을 구하여 삿된 견해에 떨어지지 말아야 할 것이 니라. 만약 구하는 바 거기에 따로 '믿고 사랑하는 마음'을 내면 곧 능히 깨끗한 깨달음의 바다에 들어가지 못하느니라."

求善知識하야 不墮邪見하리라. 若於所求에 別生憎愛하면 則不能入淸淨覺海니라.

이 절은, 〈물음 1〉의 답이 끝나는 곳이니 곧 '선지식(善知識)을 구하여 사견에 떨어지지 말아야 할 것이니라' 믿고 사랑하는 마음을 내면 깨달음의 바다에 들어가지 못한다고 하여 본 성품을 여는 방법을 말한 것이고, 앞에서 중생이 미혹한 소견도 말한 바가 있고 특히 본 성품인 4상(相)의 본 모양을 소상하게 말하고 이것을 제거하라 한 것으로 답이 모두 끝난 절목입니다.

卍 그 때에 세존이 거듭 이 뜻을 펴시고자 하여 게송으로 말씀하셨다.

"정업아! 네 마땅히 알라. 일체 모든 중생이
다 나(我)에 집착함으로 말미암아서 비롯함이 없이 망령되이 나고 죽음에 흐르나니,
사상(四相)을 제거하지 않으면 보리도의 이룸을 얻지 못하느니라.
사랑함과 미움이 마음에서 나오고 아첨함이 모든 생각에

있으면,

이런 까닭으로 많이 미혹하고 민망한 것이므로 능히 깨달음의 성(城)에 들어가지 못하느니,

만약 능히 깨달음의 세계에 들어가려면 먼저 탐냄과 성냄과 어리석음을 버리고,

법을 사랑(法愛)하는 마음이 남아있지 않으면 점차 가히 성취할 것이니라.

내 몸도 본래 있던 것이 아닌데 미움과 사랑이 무엇으로 말미암아 생겨났겠는가.

이런 사람이 선지식을 구하면 마침내 삿된 견해에 떨어지지 않느니라.

구하는 바 거기에 따로 마음을 내면 마침내 성취하지 못하느니라."

爾時에 世尊이 欲重宣此義하사 而說偈言하사오되,
淨業아, 汝當知하라. 一切衆生이
皆由執我愛하야 無始妄流轉이니
未除四種相하면 不得成菩提니라.
愛憎이 生於心하며 諂曲이 存諸念하면
是故多迷悶이니라 不能入覺城이니
若能歸悟刹인댄 先去貪瞋癡하고
法愛가 不存心하면 漸次可成就니라.
我身이 本不有 憎愛가 何由生가
此人이 求善友하면 終不墮邪見이니라.

所求別生心하면 究竟非成就니라.

이 절은 본 장의 요지니, '나(我)에 집착함으로 말미암아서' 윤회를 한다 하고, '4상(相)을 제거하지 않으면 보리(菩提)를 이루지 못한다 하며, 사랑과 미움과 탐·진·치(貪嗔癡)를 버리고, '법을 사랑(法愛·覺法 사랑)함이 마음에 있지 않고' 선지식을 구하여 수행하면 성취하고, '따로(別) 마음을 내면 성취를 못한다' 한 것입니다.

※이 장은 4상(相)을 제거하라는 것(諸四相)이 요지입니다. 곧 나(我相) 너(人相) 중생(衆生相) 수명(壽命相)을 제거하여 보리도(菩提道)를 성취하라는 뜻이 그 요지입니다. 특히 유념할 것은 4상이 5온(蘊)임을 잘 알아야 할 것임은 앞에서도 말한 바가 있습니다. 이것은 명봉스님이 비로소 바르고 분명하게 밝혀 본 것이니, 역대 조사님들이 잘못 본 것을 바로 잡은 실로 중요한 것입니다. 다음을 유의하여 잘 살펴보시기 바랍니다. 곧 5온의 색·수(色受)는 전5식이니 아상이요, 상(想)은 제 6식이니 인상이요, 행(行)은 제7식이니 중생상이요, 식(識)은 제8식이니 수명상입니다. 그러니까, 〈반야심경〉은 '5온(蘊)'으로 설하고, 〈금강경〉은 4상(相)성품으로 설한 것으로 이명동의(異名同意)임을 잘 알아서 그 금강경 등 풀이에 어긋남이 없도록 유의하십시오.

[법애(法愛)]는 ①자신이 깨달아서 얻은 선법·각법(覺法)에 애착하는 것입니다. ②법(法)에 대한 애집(愛執). 십지(十地) 중의 제4지(地)부터는 이 애집은 생기지 않는다고

174

합니다.

(11) 보각보살장(普覺菩薩章) [사병을 여의라(離四病)]

① 이에 보각보살이 대중 가운데 있다가 곧 자리에서 일어나 부처님 발에 절하고, 오른 편으로 세 번 돌고 무릎을 꿇어 손을 모아 합장하고 부처님께 사뢰오되, "대비하신 세존이시여! 선병(禪病)을 쾌히 말씀하시어 모든 대중으로 하여금 일찍이 있지 않던 것을 얻어서 마음과 뜻이 넓어져서 크게 편안함을 얻게 하셨습니다."

於是에 普覺菩薩이 在大衆中이라가 卽從座起하야 頂禮佛足하고, 右繞三匝하시고 長跪叉手하고 而白佛言하사오되, 大悲世尊이시여, 快說禪病하사 令諸大衆으로 得未曾有하야 心意蕩然하야 獲大安隱하니다.

이 절은, 보각보살이 청법의 예절을 갖추고, '선병(禪病·四相病)을 쾌히 말씀' 하시어 '크게 편안함을 얻게' 하여 주셨습니다. 하여 찬탄한 것입니다.
[보각보살]은 보각묘도(普覺妙道)의 수행을 하며 평등불괴(平等不壞)의 원만한 깨달음을 수증(修證)하는데에 상수(上首)보살입니다.

② "세존이시여! 말세 중생이 부처님 가신지 점점 멀어져서 성현과 현인이 숨고 삿된 법이 더욱 성하리니, 모든 중생으로

하여금 어떤 사람을 구하여 어떤 법을 의지하며, 어떤 수행을
행하여 어떤 병을 제거하며, 말하자면 어떻게 발심하여서 저
뭇 소경들로 하여금 삿된 견해에 떨어지지 않게 하오리까?"

世尊이시여, 末世衆生이 去佛漸遠하야 聖賢이 隱伏하고
邪法이 增熾하리니, 使諸衆生으로 求何等人하야 依何等法
하며, 行何等行하야 除去何病이며, 云何發心하야 令彼群盲
으로 不墮邪見이닛가.

이 절은, 〈물음 1〉 '어떤 사람을 구하여 어떤 법을 의지하
며' 〈물음 2〉 '어떤 수행을 행하여 어떤 병을 제거하며' 〈물
음 3〉 '어떻게 발심하여서 저 뭇 소경들이 삿된 견해에 떨어
지지 않게 하여야 하는가'에 대해 청법을 한 것입니다.

③이 말하기를 마치고, 오체를 땅에 닿게 절하고, 이와 같
이 세 번 청하기를 마치고 다시 하려 하시니, 그 때에 세존
이 보각보살에게 말씀하시되, "좋고 좋구나, 착한 남자야!
너희들이 이에 능히 여래의 이와 같은 수행을 물어서 능히
말세의 일체 중생이 두려움 없는 도안(道眼)을 베풀어서 저
중생으로 하여금 성현의 도를 이루어 얻게 하리니, 너 이제
자세히 들어라. 마땅히 너를 위하여 말하리라."

作是語已하시고 五體投地하사 如是三請을 終而復始하시
니, 爾時에 世尊이 告普覺菩薩言하시되, 善哉善哉라, 善男
子야 汝等이 乃能諮問如來의 如是修行하야 能施末世一切衆

生無畏道眼하야 令彼衆生으로 得成聖道케 하리니, 汝今諦
聽하라. 當爲汝說하리라.

　이 절은 이와 같은 수행을 물으니 '중생이 두려움 없는 도
안(無畏道眼)을 베풀어서' 성현의 도를 이루어 얻게 하리니
잘 들어라, 하여 설법할 것을 승낙한 것입니다.

　[무외도안(無畏道眼)]은 모든 일에 두려워 할 것이 없는
안목(眼目)을 가진 것이니, 도안(道眼)은 도(道)를 바로 보
는 안목이며, 무외는 확신으로 두려움을 갖지 않는 것이므
로 그러합니다.

④ 때에 보각보살이 승낙하심을 받들어 기뻐하면서 모든
대중들과 함께 조용히 들으셨다. "착한 남자야! 말세 중생이
장차 크게 마음을 내어서 선지식을 구하여 수행하고자 하는
자는 마땅히 일체에 지견이 바른 사람(正知見人)을 구할 것이
니, 마음이 상(相)에 머물지 않고, 성문과 연각 경계에 집착하
지 않고, 비록 세상에 수고로움(塵勞)을 나타내나 마음은 항
상 깨끗하고, 온갖 허물 있음을 보나 깨끗한 행실을 칭찬하
며, 중생으로 하여금 계율의 거동이 아님에는 들어가지 못하
게 하는 이와 같은 사람을 구하여 곧 아뇩다라삼먁삼보리를
이루어 얻는 것이니, 말세 중생이 이와 같은 사람을 보면 응
당히 공양하여 신명을 아끼지 말아야 할 것이니라."

時에 普覺菩薩이 奉敎歡喜하사 及諸大衆과로 黙然而聽하사옵더니, 善男子야 末世衆生이 將發大心하야 求善知識하야 欲修行者는 當求一切正知見人이니, 心不住相하고 不著聲聞緣覺境界하고, 雖現塵勞나 心恒淸淨하고, 示有諸過나 讚歎梵行하며, 不令衆生으로 入不律儀케 하는 求如是人하야 卽得成就阿耨多羅三藐三菩提니, 末世衆生이 見如是人하면 應當供養하야 不惜身命이니라.

이 절은, 〈물음 1〉에 대한 답을 '지견이 바른 사람(正知見人·先知識)을 구할 것' 이요, '마음의 상(四相病)에 머물지 않고'라 하여 사상에 머물지 않는 법과 또한 성문과 연각 경계에 집착하지 않는 법을 의지하여 닦을 것이며 아울러 응당 계율법을 지키게 하는 선지식을 구하여 '아뇩다라삼먁삼보리를 이루어 얻는 것'이라고 한 것입니다.

⑤ "저 선지식의 네 가지 위의(四威儀) 가운데 항상 깨끗함을 나투며, 내지는 갖가지 허물과 병환을 나타내어 보이더라도 마음에는 교만이 없어야 할 것이니, 하물며 생활 재물과 처자식과 권속이 있음이리요."

彼善知識이 四威儀中에 常現淸淨하며 乃至示現種種過患이라도 心無驕慢할지니 況復搏財와 妻子眷屬이리오.

이 절은 '선지식의 네 가지 위의(四威儀) 가운데' 에는 깨끗한 행(行)을 나투는 이와 갖가지 허물을 보이는 역순경(逆

順境)의 선지식, 곧 역(逆)의 경계를 내는 선지식과 순경을 행하는 선지식이 있으니, 교만이 없어야 할 것이며, 처자식 등이 있음도 탓하지 말고 잘 모시라는 것입니다. 이것은 스승께 수순하는 몸가짐까지 말하는 것으로 〈물음 1〉의 답이 끝나는 곳입니다.

[사위의(四威儀)]는 행·주·좌·와(行住坐臥)입니다. 곧 일상 생활에 있어서 온갖 동작하는 몸짓의 거동 네 가지가 부처님의 제계(制戒)에 꼭 들어맞는 행동입니다.

⑥ "만약 착한 남자가 저 착한 벗에게 악한 생각을 일으키지 않으면 곧 능히 마침내는 바른 깨달음을 성취하여 마음 꽃이 밝게 피어 시방세계를 비치리니, 착한 남자야! 저 선지식이 증득한 바 오묘한 법은 응당히 사병을 여읜 것일지니, 말하자면 어떤 것이 사병인가?"

若善男子야, 於彼善友에 不起惡念하면 即能究竟成就正覺하야 心華發明하야 照十方刹하리니, 善男子야, 彼善知識의 所證妙法은 應離四病일지니, 云何四病고.

이 절은, 선지식을 만나거나 선법을 일단 만났으면 '악한 생각을 일으키지 않고' 착하게 지극히 수행하면 '바른 깨달음(正覺·法)을 성취'한다 하고, 또한 '선지식이 증득한 바 오묘한 법은 곧 사병(四病)을 여읜 것이니 어떤 것이 4병인가? 하여 〈물음 2〉의 답을 시작하는 것이니, 선지식이나 선법을 일단 만났으면 악심 등을 버리고 수행자세를 세우고 4병을 여의라는 제시입니다.

⑦ "첫째는 작병(作病)이니, 만약 다시 어떤 사람이 있어 이와 같은 말을 지어 하되, 내가 본 마음에 가지가지 행을 지어서 원만한 깨달음을 구하고자 한다면 저 원만한 깨달음의 성품이 지음으로써 얻음이 아닌 연고이므로 말하여 병이 된다고 이름하는 것이니라."

一者는 作病이니, 若復有人이 作如是言하되, 我於本心에 作種種行하야 欲求圓覺이라 하면 彼圓覺性이 非作으로 得이라, 故로 說名爲病이라.

이 절은, 사병(四病)에 대해 말하기 시작한 절목입니다. 곧 작·지·임·멸병 4병 중 그 '첫째는 작병(作病)이라' 원각의 성품이 '지음으로써 얻음이 아닌 연고이므로' 그것이 작병이라고 한 것입니다.

⑧ "둘째는 임병(任病)이니, 만약 다시 어떤 사람이 있어 이와 같은 말을 지어 하되, 저희들이 이제 나고 죽음을 끊지 않고, 열반을 구하지 아니하고, 열반과 태어나고 죽음에 생겨나고 멸하는 생각이 없어서, 저 일체에 맡겨서 모든 법성에 따름으로 원만한 깨달음을 구하고자 하는 것이면, 저 원만한 깨달음의 성품이 내버려둠(任)으로 있음이 아닌 연고이므로 이름이 병이 된다고 말하는 것이니라."

二者는 任病이니, 若復有人이 作如是言하되, 我等이 今者에 不斷生死하고, 不求涅槃하고, 涅槃生死에 無起滅念하야 任彼一切하야 隨諸法性으로 欲求圓覺인댄, 彼圓覺性이 非任有故이므로 說名爲病이니라.

이 절은, 4병 중의 '둘째는 임병(任病)이니' 수행을 하지 않고, 열반을 구하지도 않고 법성에 따름으로 성취됨이 아니라, 곧 원각 '성품이 내버려둠으로 있음이 아닌 연고이므로 내버려둠으로써 이루려는 것은 임병(任病)이라는 뜻입니다.

⑨ "셋째는 지병(止病)이니, 만약 다시 어떤 사람이 있어 이와 같은 말을 지어 하되, 내가 이제 내 마음에 영원히 모든 생각을 쉬고, 일체 성품이 고요하고 평등함을 얻어서 원만한 깨달음을 구하고자 한다면, 저 원만한 깨달음의 성품이 그침으로 합(合)함이 아닌 연고이므로 이름이 병이 된다고 말하는 것이니라."

三者는 止病이니, 若復有人이 作如是言하되, 我今自心에 永息諸念하고, 得一切性寂然平等하야 欲求圓覺인댄, 彼圓覺性이 非止로 合이라. 故로 說名爲病이니라.

이 절은, 4병 중의 '셋째는 지병(止病)이니' 모든 생각을 쉬어서, 고요하고 평등한 성품에 합하여 성취됨이 아니라,

원각 '성품이 그침으로 합함이 아닌 연고이므로 그침으로써 이루려는 것은 지병이라는 뜻입니다.

⑩ "넷째는 멸병(滅病)이니, 만약 다시 어떤 사람이 있어 이와 같은 말을 지어 하되, 내 이제 영원히 일체 번뇌를 끊고 몸과 마음이 마침내 비어(空)서 있는 바가 없을 것인 즉 어찌 하물며 육근·육진의 허망한 경계가 되겠는가? 일체가 영원히 고요히 함으로 원만한 깨달음을 구하고자 하면, 저 원만한 깨달음 성품의 고요한 모양이 아닌 연고이므로 이름이 병이 된다고 하는 것이니라."

四者는 滅病이니, 若復有人이 作如是言하되, 我今永斷一切煩惱하고 身心이 畢竟空無所有요 何況根塵虛妄境界리오. 一切永寂으로 欲求圓覺인댄 彼圓覺性이 非寂相이라, 故로 說名爲病이니라.

이 절은, 4병 중에 '넷째는 멸병(滅病)이니' 번뇌를 끊고 몸과 마음이 공무(空無)하여서 '있는 바가 없는 것'으로 성취됨이 아니라 하고, 원각 '성품이 고요한 모양(寂相·無記空)이 아닌 연고이므로' 아주 멸함으로써 이루려는 것은 멸병(滅病)이라는 뜻입니다.

⑪ "사병(四病)을 여읜 자는 곧 깨끗함을 알 것이니, 이런 관을 하는 자는 바른 관(正觀)이 된다 이름하고, 만약 다른 관

을 하는 자는 삿된 관이 된다 이름하느니라. 착한 남자야! 말세 중생이 수행하고자 하는 자는 응당히 목숨이 다 하도록 착한 벗에 공양하고 선지식을 섬길 것이니, 저 선지식이 와서 친하고자 하거든 응당 교만을 끊고, 만일 다시 멀리 하려 하더라도 반드시 성내거나 한(恨)함을 그칠 것이니라."

離四病者는 則知淸淨하리니, 作是觀者는 名爲正觀이요, 若他觀者는 名爲邪觀이라. 善男子야, 末世衆生이 欲修行者는 應當盡命供養善友요, 事善知識이니, 彼善知識이 欲來親近커든 應斷憍慢하고, 若復遠離라도 應斷瞋恨이니라.

이 절은, '4병을 여의는 이러한 관을 하는 자는 바른 관(正觀)이 된다' 하고, 이 4병을 여의지 않는 다른 관은 삿된 관이라 하며, 그런 4병을 여읜 선지식을 진실로 지성껏 잘 받들어 수행하라 한 뜻으로 〈물음 2〉의 답이 끝나는 절목입니다. 본 절은 4병을 여읜 정관자(正觀者·如來)가 되라는 제시가 있는 것이기도 합니다.

⑫ "거스르는 경계나 순응하는 경계(逆順境)를 나투어서도 오히려 허공같이 하고, 몸과 마음이 마침내 평등함을 분명히 알아 모든 중생으로 더불어 한 몸과 다름이 없어서, 이와 같이 수행하여야 바야흐로 원만한 깨달음(圓覺)에 들어가느니라."

現逆順境하야도 猶如虛空하고, 了知身心이 畢竟平等하야 與諸衆生으로 同體無異하야 如此修行하야사 方入圓覺이니라.

이 절은, 선지식이 역순경(逆順境)을 나투어도 잘 받들고, 마음을 허공같이 하고, 몸과 마음이 '평등함을 분명히 알아 모든 중생으로 더불어 한 몸과 다름이 없이 발심하여, 이와 같이 수행'을 하면 '원만한 깨달음에 들어가느니라' 한 것이며, 〈물음 3〉의 답이 시작되는 곳입니다. 곧 허공같이 비고 원만한 마음으로 선지식을 대하고, 내 한 몸같이 중생을 대하여 평등한 마음을 분명히 내는 발심을 하여 수행(正觀)을 하면 원각에 들어간다는 뜻입니다. 여기서, 이사병정관자(離四病正觀者)는 여래 원각자임을 거듭 유념할 일입니다.

⑬ "착한 남자야! 말세 중생이 도를 성취함을 얻지 못함은 비롯함이 없이 스스로 다른 이와 미워하고 사랑하는 모든 종자를 가지고 있음을 말미암아 그런 연고로 해탈하지 못하느니라. 만약 다시 어떤 사람이 있어 저 원수의 집 사람들 보기를 내 부모같이 하여 마음에 둘이 있음이 없으면 곧 모든 병을 제거하리라. 모든 법 가운데 나와 남과 미움과 사랑도 또한 다시 이와 같으니라."

善男子야, 末世衆生이 不得成道는 由有無始自他憎愛一切種子일새 故未解脫이니라. 若復有人이 觀彼怨家를 如己父

母하야 心無有二하면 即除諸病하리라. 於諸法中에 自他憎
愛는 亦復如是니라.

　이 절은, 계속하여 〈물음 3〉에 대해 답을 하고있는 것이
니, '도를 성취함을 얻지 못함' 중·애(憎愛)의 '종자가 있
음으로 말미암은 것이니' 원수를 내 부모와 같이 하여 둘 아
닌 경계에 이르면 '모든 병을 제거하리라'는 뜻입니다.

⑭ "착한 남자야! 말세 중생이 원만한 깨달음을 구하고자
하거든 응당히 발심하여 이와 같은 말을 지어 하되, 허공계를
깨끗이(盡)하고, 일체 중생을 내가 모두 마침내 원만한 깨달
음으로 들어가게 하리라 하였는데, 원만한 깨달음 가운데에
는 깨달음을 취하는 자 없어서 저 나(我)라 너(人)라 하는 일
체 모든 상(四相) 등을 제거할 것이리니, 이와 같은 발심은 삿
된 견해에 떨어지지 않느니라."

　善男子야, 末世衆生이 欲求圓覺인댄 應當發心하야 作如
是言하되, 盡於虛空의 一切衆生을 我皆令入究竟圓覺於圓覺
中에 無取覺者하야 除彼我人一切諸相이리니, 如是發心은
不墮邪見하리라.

　이 절은, 〈물음 3〉의 답이 끝나는 곳이니, '원각을 구하고
자 하거든' 발심하여 일체 중생을 내가 다 원각에 들게 하리
라 하였는데, 원각 가운데는 각(覺)을 취하는 자가 없어서

그 나(我)라 너(人)라 하는 '일체 모든 상(四相)을 제거할 것이리니'라고 하여 이와 같은 발심은 사견(邪見)에 떨어지지 않느니라, 한 것입니다. 여기까지가 〈물음 3〉의 답이 끝나는 곳입니다.

⑤ 그 때에 세존이 거듭 이 뜻을 펴고자 하여 게송으로 말씀하셨다.

"보각아 네 마땅히 알라. 말세 모든 중생이
　선지식을 구하고자 하면, 응당히 바른 지견(正見)자를 구하여
　마음으로 이승(二乘)자를 멀리 하고 법 가운데 사병을 제거할 것이니,
　이르기를, 작병(作病)과 지병(止病)과 임병(任病)과 멸병(滅病)이라, 친하려고 가까이 하면 교만하지 말고
　멀리 하여도 성냄이 없어야 가지가지 경계를 보고
　마음에 마땅히 드물게 있음을 낳으리라. 도리어 부처님 출세함 같아서
　계율법 아닌 것을 범하지 않고 계의 뿌리가 길이 깨끗하여서
　일체 중생을 제도하여 마침내 둥근 깨달음에 들어가리라 하되
　저 나(我)라는 몸(身)과 너(人)라는 마음 등의 모양(四相・身心)을 여의고 마땅히 바른 지혜에 의지하면

문득 삿된 견해를 뛰어 넘음을 얻어서 깨달음을 증득한 열
반에 들어가느니라."

爾時에 世尊이 欲重宣此義하사 而說偈言하사오되,
普覺아 汝當知하라. 末世諸衆生이
欲求善知識인대 應當求正見하야
心遠二乘者하고 法中除四病이니,
謂作止任滅이라, 親近無驕慢하고
遠離無瞋恨하야 見種種境界하고,
心當生希有니라. 還如佛出世하야
不犯非律儀하고, 戒根이 永淸淨하야
度一切衆生하야 究竟入圓覺하되,
無彼我人相하고 常依正智慧하면
便得超邪見하야 證覺般涅槃하리라.

이 절은 본 장의 요지이니, '선지식을 구하고자 하면' 바른
지견자(正見者)를 구하여서 이승자(二乘者)를 멀리하고, 사
병(四病=作止任滅病)을 제거할 것이라. 그 사람은 마치 부
처님 출세함 같은 것이니 계(戒)의 뿌리를 깨끗이 하고 중
생을 제도하여 원각에 들어가리라 굳게 발심하여 저 사상
(四相)을 여의고 바른 지혜에 의지하면 사견(邪見)을 뛰어
넘음을 얻어 열반에 들어가느니라 한 것이니, 곧 수행병인
사병을 여의리라(離四病) 하고 그렇게 바른 수행(正觀)에
들어 사상(四相)을 여의어 열반에 드느니라 한 것입니다. 여
기서 전자 작·지·임·멸 병은 수행 사병(四病)이라 하고,

후자 사상(四相)은 병(禪病)이라 한 것이니 유념해 보십시오. 사상(四相)이 있음으로써 중생들이 병을 법(法)으로 보아 바른 수행을 못하게 하는 상병(相病)을 제거하여 성품을 바로 세워야 된다는 제시도 있음을 아울러 사유할 일입니다.

(12) 원각보살장(圓覺菩薩章) [삼기 참회를 하라(三期懺)]

① 이에 원각보살이 대중 가운데 있다가 곧 자리에서 일어나 부처님 발에 절하고, 오른 편으로 세 번 돌고 무릎을 꿇어 손을 모아 합장하고 부처님께 사뢰오되, "대비하신 세존이시여! 저희들을 위하여 널리 가지가지 깨끗한 깨달음의 방편을 말씀하시어 말세 중생으로 하여금 큰 이익이 있게 하였습니다."

　　於是에 圓覺菩薩이 在大衆中이라가 即從座起하야 頂禮佛足하시며 右繞三匝하시고 長跪叉手하사 而白佛言하사오되, 大悲世尊이시여, 爲我等輩하사 廣說淨覺種種方便하사 令末世衆生으로 有大增益이니다.

　　이 절은, 원각보살이 청법의 예절을 갖추고, 앞에서 '가지가지 깨끗한 깨달음의 방편을 말하시어' 큰 이익이 있게 하였나이다 하며 찬탄한 것입니다.

　　[원각보살은 중생과 보살이 모두 깨달음을 원만하게 성취하도록 함에 본원이 상수(上首)가 되는 보살입니다.

② "세존이시여! 저희들은 이제 이미 깨달음을 얻었사오나, 만약 부처님께서 입멸하신 후에 말세 중생이 깨달음을 얻지 못한 이는 이를 어떻게 안거(安居)하여서 이 원만한 깨달음의 깨끗한 경계를 닦을 수가 있겠사오며, 이 원만한 깨달음 가운데 세 가지 깨끗한 삼정관(三淨觀)을 무엇으로써 첫머리(初首)를 삼을 것이온지, 오직 원하건대 대비심으로 모든 대중과 말세 중생을 위하여 큰 이익을 베풀어주십시오."

世尊이시여, 我等이 今者에 已得開悟이나 若佛滅後末世 衆生이 未得悟者는 云何安居하야 修此圓覺淸淨境界니잇고, 此圓覺中에 三種淨觀이 以何爲首온지, 唯願大悲로 爲諸大 衆과 及末世衆生하사 施大饒益하소서.

본 절목, 〈물음 1〉은 '어떻게 안거(安居)하여서' 원각의 깨끗한 경계를 닦을 것이며, 〈물음 2〉는 3정관(三淨觀)을 '무엇으로써 첫머리(初首)를 삼아서 닦을 것인지요' 하고 청 법을 한 것입니다.

③ 이 말하기를 마치시고, 오체를 땅에 닿게 절하고, 이와 같이 세 번 청하기를 마치고 다시 하려 하시니, 그 때에 세 존이 원각 보살에게 말씀하시되, "좋고 좋구나, 착한 남자 야! 너희들이 이에 능히 여래께 이와 같은 방편을 물어서 큰 이로움으로써 모든 중생에게 베풀려 하니, 너 이제 자세히 들어라. 마땅히 너를 위하여 말하리라."

作是語已하시고 五體投地하사 如是三請을 終而復始하시니, 爾時에 世尊이 告圓覺菩薩言하사오되, 善哉善哉라 善男子야, 汝等이 乃能問於如來如是方便하야 以大饒益으로 施諸衆生하니, 汝今諦聽하라. 當爲汝說하리라.

이 절은, 안거(安居)와 3정관 초수(初首) 등을 물어 수행할 방편을 물으니 너 이제 자세히 들어라 하여 법을 설할 것을 승낙하는 것입니다.

④ 때에 원각보살이 승낙하심을 받들어 기뻐하며 모든 대중과 함께 조용히 들으셨다. "착한 남자야! 일체 중생이 만일 부처님이 세상에 머물거나 부처님이 입멸한 뒤이거나 말법 시대에 있는 모든 중생이 대승의 성품을 갖추어서 부처님의 비밀하고 큰 원만한 깨달음의 마음을 믿어 수행하고자 하는 자는, 절도량(伽藍)에 있거나 무리들 가운데에 편안히 처(安處)하여 인연과 일에 연고가 있거든 분수에 따라 생각하고 살핌을 내가 이미 말한 것(二十五輪觀行 등) 같이 하고, 만일 다시 다른 일에 연고가 없거든 곧 도량(安居處)을 세우되, 마땅히 기한(期限·期間)을 정할 것이니,

時에 圓覺菩薩이 奉敎歡喜하사와 及諸大衆과로 黙然而聽하시옵더니, 善男子야, 一切衆生이 若佛住世커나 若佛滅後커나 若法末時에 有諸衆生이 具大乘性하야 信佛秘密大圓覺心하야 欲修行者는 若在伽藍커나 安處徒衆에 有緣事故어

든 隨分思察을 如我已說하고, 若復無有他事因緣이어든 卽
建道場하되 當立期限이니,

　　이 절은, 〈물음 1〉의 답을 시작하는 것입니다. 원각심(圓
覺心)을 믿고 수행코자 하는 자는 '살핌을 내가 이미 말한
것(二十五輪觀行 등) 같이 하고' 또한 기한(期間)을 정하여
안거(安居) 수행을 할 것이라는 것입니다.

　　⑤ 만약 장기(長期)로 정하려면 백 이십일이요, 중기(中期)
는 백일이요, 하기(下期)는 팔십 일이니, 깨끗한 안거처에 편
안히 있되 만일 부처님이 현재 계시다면 마땅히 바른 사유(正
思惟)를 하고, 만약 다시 입멸하신 뒤에는 형상(形像・佛像)
을 시설하고 마음을 두어 눈으로 생각하여서 바른 생각 내기
를 도리어 여래가 항상 상주하신 날과 같이 하고, 모든 번기
(幡旗)와 꽃을 달아서 삼칠일이 지나도록 시방의 모든 부처님
이름자 앞에 머리를 조아려 슬피 참회를 구하되, 좋은 경계를
만나 마음에 가볍고 편안함(輕安)을 얻거든, 삼칠일이 지나서
도 계속하여 뜻을 굳게 지키고(攝念), 만일 여름 석 달 안거를
지나거든 마땅히 깨끗한 보살의 머무름(住)에 그쳐서(止) 마
음에 성문(聲聞)을 여의고, 소승 무리들과 모이지 말 것이며,
안거 날에 이르러서 곧 부처님 앞에 이와 같은 말을 지어 하
되,

　　若立長期면 百二十日이요, 中期는 百日이요, 下期는 八十

日이니 安置靜居하되 若佛現在어든 當正思惟하고, 若復滅
後어든 施設形像하고 心存目想하야 生正憶念을 還同如來常
住之日하고, 懸諸幡華하야 經三七日에 稽首十方諸佛名字하
야 求哀懺悔하되 遇善境界하야 得心輕安커든 過三七日하야
도 一向攝念하고, 若經夏首三月安居어든 當爲淸淨菩薩止住
하야 心離聲聞하고, 不假徒衆하며 至安居日하야 卽於佛前
에 作如是言하되,

이 절은, 부처님이 '현재에 있거든 바른 사유(正思惟)'를
하고 '입멸하신 뒤에는 형상(佛像)을 시설하고' 수행할 것이
며, 기한(長・中・下期)을 정하여 안거(安居)를 할 것이니,
곧 장기(120일) 중기(100일) 하기(80일)하고, '보살의 머무
름(住)에 그쳐서(止)' 2승(乘)들과 같이 하지 말고 바르게 수
행을 잘 하라, 한 것입니다.

⑥ '저희 비구・비구니・우바새・우바이 아무개(某甲)가
보살행을 하여 적멸(寂滅)의 행을 닦아서 함께 깨끗한 실상에
들어 머물러 가지어(住持) 크고 원만한 깨달음(大圓覺)으로
써 나의 법당(伽藍)을 삼아 몸과 마음이 평등한 성품의 지혜
에 편안히 머무르려 함에 열반의 자성(涅槃自性)은 얽매이거
나 어디 속한(繫屬) 바가 없는 연고로, 이제 제가 공경하여 청
하오니, 성문에 의지하지 아니하고 마땅히 시방 여래와 큰 보
살들과 더불어 석 달을 안거하여, 보살처럼 위없는 오묘한 깨
달음을 닦아 큰 인연을 삼고자 하는 연고로 중생 무리에 매이

지 않을 것입니다.'

我比丘 比丘尼 優婆塞 優婆夷 某甲이 踞菩薩乘하야 修寂
滅行하야 同人淸淨實相住持하야 以大圓覺으로 爲我伽藍하
야 身心이 安居平等性智하여 涅槃自性이 無繫屬故로 今我
敬請不依聲聞하고 當與十方如來와 及大菩薩로 三月安居하
야 爲修菩薩無上妙覺하야 大因緣故로 不繫徒衆하오리니,

이 절은, 안거하는 날에 축원을 올리되, 보살행으로 닦아
서 실상에 들어가 대원각(大圓覺)으로써 '나의 법당(伽藍)을
삼아서' 평등한 성품의 지혜(平等性智)에 편안히 머무르려
(安居)하오니, 열반자성(涅槃自性)은 얽매이거나 어디에도
속(繫屬)함이 없으리니, '이제 제가 세존(世尊)님을 공경하
여 청하오니 성문에 의지하지 아니하고' 10방의 불·보살과
더불어 안거(安居)하여 '보살처럼 위없는 오묘한 깨달음(無
上妙覺)을 닦아서 큰 인연을' 얻을(보살처럼 證果) 것이라,
'중생 무리에 매이지 않을 것입니다' 라고 한 것입니다.

⑦ 착한 남자야! 이 보살이 안거를 나투어 보임이라 이름하
나니, 삼기일(三期日)을 지나서 뜻 가는 대로 따라도 걸림이
없느니라. 착한 남자야! 만일 저 말세에 수행하는 중생이 보
살도를 구하여 삼기(三期)에 들어가는 자는 저 일체 경계를
들은 바(부처님 法)가 아니거든 끝내 취하지 말 것이니라."

善男子야, 此名菩薩의 示現安居니, 過三期日하야 隨往無
礙니라. 善男子야, 若彼末世修行衆生이 求菩薩道하야 入三
期者는 非彼所聞一切境界어든 終不可取니라.

이 절은, '이 보살이 안거를 나투어 보임이라' 하고, 처음
수행하는 자는 3기(期·長期 中期 下期)에 들어 '일체 경계
를 들은 바(佛說 觀行法)가 아니거든 끝내 취하지 말아야
할 것이니라' 한 것입니다. 곧 좋은 경계가 꿈에 나타나더라
도 믿지 말고 이 경의 법대로만 안거 수행하라는 것이니, 여
기는 〈물음 1〉의 답이 끝나는 곳입니다.

⑧ "착한 남자야! 만약 모든 중생이 사마타(奢摩他)를 닦음
에 먼저 지극히 고요함(初首·至靜)을 취하여 생각을 일으키
지 않아 고요함이 지극하면 문득 깨달으리니, 이와 같은 처음
고요함이 한 몸으로 좇아 온 세계에 이를 것이리니 깨달음도
또한 이와 같으니라. 착한 남자야! 만일 깨달음이 온 세계에
두루 가득한 자는 온 세계 가운데 한 중생이 있어 한 생각을
일으키는 자도 모두 다 능히 알고, 백 천 세계도 또한 다시
이와 같으니, 저 일체 경계를 들은 바(佛說方便法)가 아니라
면 끝내 취하지 말 것이니라."

善男子야, 若諸衆生이 修奢摩他에 先取至靜하야 不起思
念하야 靜極便覺하리니, 如是初靜이 從於一身으로 至一世
界하리니 覺亦如是하야, 善男子야, 若覺徧滿一世界者는 一

世界中에 有一衆生이 起一念者도 皆悉能知요, 百千世界도 亦復如是니, 非彼所聞一切境界어든 終不可取니라.

이 절은, 〈물음 2〉의 답을 시작하는 것이니, '사마타를 닦는데, 먼저 첫머리에 초수(初首)를 지극히 고요함(至靜)을 취하여' 깨달으면, 모든 중생이 '한 생각을 일으키는 것'과 백 천 세계를 다 안다 한 것입니다.

[사마타 초수(初首)]는 사마타관을 처음 들고 들어가는 것이므로, 첫머리 초수(初首)가 '지정(至靜·話頭)'이라 하는 것입니다.

⑨ "착한 남자야! 만약 모든 중생이 삼마발제(三摩鉢提)를 닦으려면 먼저 마땅히 시방 일체 여래와 보살을 생각(憶想·初首)하되, 가지가지 문에 의지하여 점차로 수행하여 부지런히 수고롭게 닦아 마음을 집중하여 널리 큰 원을 내면 스스로 훈습(薰習)하여 종자를 이루나니, 저 들은 바가 아니거든 일체 경계를 끝내 취하지 말 것이니라."

善男子야, 若諸衆生이 修三摩鉢提인댄 先當憶想十方如來와 十方世界一切菩薩하되, 依種種門하야 漸次修行하야 勤苦三昧하야 廣發大願하면 自薰成種이니, 非彼所聞이어든 一切境界를 終不可取니라.

이 절은, '삼마발제를 닦으려면' 먼저 초수(初首) 억상(憶想)을 들어 닦아 들어가면 '스스로 훈습(薰習)하여 종자를 이루나니' 한 것이니, 곧 이루어진 신훈종자(新薰種子)는 자라서 지혜가 원명(圓明)해지는 것입니다.

[삼마발제관의 초수(初首)]는 '억상(憶想)' 이니, 곧 '억상'은 어떤 한 생각입니다. 삼마발제관은 어떤 한 생각이나, 불보살을 사유하는 염불(念佛)이나, 진언(眞言)을 외우는 등으로 수행하는 관입니다. 이 절에서 보여준 환관(幻觀)의 초수가 '억상(憶想)'이라는 것과 앞 절의 사마타 초수가 지정(至靜)이라는 것을 각별히 유념해야 할 일입니다.

⑩ "착한 남자야, 만약 모든 중생이 선나(禪那)를 닦으려면, 먼저(初首) 수문(數門・明數門)을 취하여 마음 가운데 생각이 나고 머물고(住) 멸하는 분제(分齊)함을 몇 번이든 헤아려(念數), 이와 같이 두루 해서 사위의(四威儀) 가운데 분별하는 생각을 헤아림 하여 알아 마치지(了知) 아니함이 없어서 점차로 더하여 나가면, 내지는 백 천 세계의 한 빗방울 헤아림의 앎을 얻어 수용(受用)하는 바 마치 물건을 눈으로 봄과 같으리니, 저 들은 바가 아닌 일체 경계이거든 끝내 취하지 말 것이니라."

善男子야, 若諸衆生이 修於禪那인댄 先取數門하야 心中에 了知生住滅念分齊頭數하야, 如是周徧四威儀中에 分別念

數하되 無不了知하야 漸次增進하야 乃至得知百千世界一適
之雨를 猶如目睹所受用物하리니, 非彼所聞一切境界어든 終
不可取니라.

이 절은, '선나(禪那)를 닦으려면, 먼저(初首) 수문(數
門·明數門)'을 들어 닦아 마치면, '백 천 세계의 한 빗방울
헤아림의 앎을 얻어 수용(受用)하는 바 마치 물건을 눈으로
봄과 같으리니' 하여, 정관(正觀) 경계를 드러내는 것으로
여래(如來) 경지에 이르는 것을 보이는 것입니다. 초수가 수
문(數門)이라 한 것을 보고 수식관(數息觀)과 같다는 이가
있으나 수식관 같은 것이 아닙니다. 본 장 ⑬절에 선나초수
(禪那初首)가 명수문(明數門)이라 하였으니, 억상(憶想)·
지정(至靜) 둘 아닌 밝은 생각의 명수문(明數門)이 초수인
것은 각별히 유념할 일입니다.

⑪ "이것은 이름이 삼정관(三觀·三淨觀) 초수(初首) 방편
이니, 만약 모든 중생이 이 세 가지 관을 두루 닦아서 부지런
히 수행 정진하면 곧 이름이 여래가 세상에 출현함이니라."

是名三觀初首方便이니 若諸衆生이 偏修三種하야 勤行精
進하면 即名如來出現于世니라.

이 절은, 위의 이것이 3정관 초수 방편이라 하고, '이 세
가지 관을 두루 닦아서' 곧 홑으로 겹으로 원수삼관(圓修三
觀) 등으로 두루 닦아 마치면 '여래가 세상에 출현함이니라'

한 뜻입니다.

⑫ "만약 뒤의 말세에 근기(根機)가 둔한 중생이 마음으로 도를 구하되 성취함을 얻지 못하는 것은 옛날 업장을 말미암은 것이니, 마땅히 부지런히 참회하며 항상 희망을 일으키되, 먼저 미워함과 사랑함과 질투함과 아첨하는 굽은 마음을 끊고, 이겨 올라가는 마음(勝上心)을 구하여 내며, 세 가지 깨끗한 관(三種淨觀)에 한가지를 따라 수행하되, 이 관에서 얻지 못하거든 저 관을 다시 익혀서 마음으로 놓아 버리지 않아야 점차로 증득 할 것이니라."

若後末世鈍根衆生이 心欲求道하되 不得成就는 由昔業障이니, 當勤懺悔하야 常起希望하되 先斷憎愛嫉妬諂曲하고, 求勝上心하며, 三種淨觀에 隨學一事하되, 此觀不得커든 復習彼觀하야 心不放捨하야 漸次求證이니라.

이 절은, 〈물음 2〉의 답이 끝나는 곳이니, 만일 근기(根機)가 둔한 중생이 성취를 못하는 것은 '옛날 업장(業障)을 말미암은 것이니' 참회하며 희망을 일으키되, 먼저 미움·사랑·질투·아첨 등을 끊고, 3정관(三淨觀)을 닦아 증득할 것이라 한 것입니다.

⑬ 그 때에 세존이 거듭 이 뜻을 펴시고자 하여 게송으로 말씀하셨다.

"원각아 네 마땅히 알라. 일체 모든 중생이

위없는 도를 구하고자 하거든,

먼저 마땅히 삼기(三期·安居)를 맺어 비롯함이 없는 업을 참회하고, 삼칠일(二十一日)이 지난

뒤에 바르게 생각(正思惟)을 하되, 저 들은 바 경계가 아니거든

마침내 가히 취하지 않을 것이라, 사마타는 지극히 고요함(至靜)이요,

삼마발제는 바른 생각(正憶·憶想)을 가짐이요, 선나는 밝은 수문(明數門)이니,

이 이름이 삼정관(三淨觀)이라, 만일 능히 부지런히 수습하면

이 이름이 부처님이 세상에 나오심이니라. 둔근 중생이 성취하지 못한 자는

항상 마땅히 부지런히 마음으로 참회함으로써 비롯함이 없는 일체 죄와

모든 업장이 만약 소멸하면 부처님 경계가 문득 앞에 나타나느니라."

爾時에 世尊이 欲重宣此義하사 而說偈言하사오되,
圓覺아 汝當知하라. 一切衆生이
欲求無上道인댄 先當結三期하야
懺悔無始業하고, 經於三七日
然後正思惟하되 非彼所聞境이어든

畢竟不可取어니라. 奢摩他至靜이요

三摩正憶持요 禪那明數門이니

是名三淨觀이라. 若能勤修習하면

是名佛出世니라. 鈍根未成者는

常當勤心懺하야 無始一切罪와

諸障이 若消滅하면 佛境便現前이니라.

　이 절은, 본 장의 요지니, '먼저 마땅히 삼기(三期·安居)를 맺어' 업(業)을 참회하고 사마타는 초수(初首)가 지정(至靜)이고, 삼마발제는 초수(初首)가 정억(正憶·憶想)이고, 선나는 초수(初首)가 명수문(明數門)이라, 이 3 정관을 수습하여 마치면 '부처님이 세상에 나오심이라' 하고, 둔근 중생이 참회하여 '업장이 만약 소멸하면' 부처 경계가 나타나리라, 한 것입니다. 여기서 특히 유념할 것은 삼마발제관의 초수(初首)가 앞의 ⑨절에서는 '억상(憶想)'이라 하고 본 절에서는 바른 억상(正憶)이라 하였으니, 삼마발제 초수는 '억상(憶想)'임을 다시 밝히는 뜻이 있고, 또는 선나관의 초수를 앞의 ⑩절에서는 '수문(數門)'이라 하였는데, 이 절에서는 그냥 '수문'이 아니라 밝은 수문인 '명수문(明數門)'이라 하였으니, 선나의 초수는 분명 '명수문'인 것과 또한 이 정·환·적(靜幻寂) '3관(觀)'을 분명히 3정관(淨觀)이라 한 점등을 본 절에서 각별히 유념하여 보아 둘 일입니다. 이것이 이 절의 요지며 본 장의 요지로 3기 참회를 하라는 것이니, 곧 본 장은 삼기참(三期懺)입니다.

(13) 현선수보살장(賢善首菩薩章) 통(三流通)]

① 이에 현선수보살이 대중 가운데 있다가 곧 자리에서 일어나 부처님 발에 절하고, 오른 편으로 세 번 돌고 무릎을 꿇어 손을 모아 합장하고 부처님께 사뢰오되, "대비하신 세존이시여! 널리 저희들 및 말세 중생을 위하여 이와 같이 생각으로 알 수 없는 일을 열어 깨우쳐 주셨습니다."

於是에 賢善首菩薩이 在大衆中이라가 即從座起하야 頂禮佛足하시며 右繞三匝하시고 長跪叉手하사 而白佛言하사오되, 大悲世尊이시여, 廣爲我等及末世衆生하사 開悟如是不思議事니다.

이 절은, 현선수 보살이 청법의 예절을 갖추고, 지금까지 가지가지 말씀하여 주신 법이 '생각으로는 알 수 없는 일(不思議事)을 열어 깨우쳐' 주심에 대하여 찬탄하고 감사의 뜻을 표한 것입니다.

[현선수보살]은 어질고 착한 행과 선수행의 본원이 상수(上首)가 되는 보살입니다.

② "세존이시여! 이 대승교(大乘敎)의 이름자가 어떤 것 등이며, 이르자면 어떻게 받들어 가지며, 중생이 닦아 익히면 어떠한 공덕을 얻으며, 이르자면 어떻게 나로 하여금 경을 가진 사람을 두호(斗護)하며, 이 교(敎)를 유포하면 어느 경지

에 이르는 것입니까?"

世尊이시여, 此大乘教名字가 何等이며, 云何奉持이며, 衆
生이 修習하면 得何功德이며, 云何使我로 護持經人하며, 流
布此教하야 至於何地닛고.

이 절은, 〈물음 1〉 '대승교(大乘教 · 本大乘經)의 이름자
가 어떤 것 등이며' 또는 '어떻게 받들어 가지며', 〈물음 2〉
'닦아 익히면 어떤 공덕을 얻으며', 〈물음 3〉 어떻게 '경을
가진 사람을 두호(보호)하며' 이 경전을 '유포하면 어느 경
지에 이르는 것'인지를 물은 것입니다.

③ 이 말하기를 마치고, 오체를 땅에 닿게 절하며 이와 같
이 세 번 청하기를 마치고 다시 하려 하시니, 저 때에 세존이
현선수보살에게 말씀하시되, "좋고 좋구나, 착한 남자야! 너
희들이 이에 능히 모든 보살과 말세 중생을 위하여 여래의 이
와 같은 경전 가르침의 공덕과 이름을 물으니, 너 이제 자세
히 들어라. 마땅히 너를 위하여 말하리라."

作是語已하시고 五體를 投地하사 如是三請을 終而復始하
시니, 爾時에 世尊이 告賢善首菩薩言하사오되, 善哉善哉라
善男子야, 汝等이 乃能爲諸菩薩과 及末世衆生하야 問於如
來如是經教의 功德名字하니, 汝今諦聽하라, 當爲汝說하리
라.

이 절은 '여래의 이 경전 가르침의 공덕과 이름을 물으니, 너 이제 자세히 들어라' 하여 법을 설할 것을 승낙한 것입니다.

④ 때에 현선수보살이 승낙하심을 받들어 기뻐하며 모든 대중과 함께 조용히 들으셨다. "착한 남자야! 이 경이 백천만억 항하사 모든 부처님이 말씀한 바요, 삼세 여래가 수호하는 바며, 시방 보살의 귀의하는 바요, 십이부경(部經)의 깨끗한 안목(眼目)이니, 이 경의 이름이 대방광원각대다라니(大方廣圓覺大多羅尼)이며, 또는 수다라요의(修多羅了義)라 이름하며, 또는 비밀왕삼매(秘密王三昧)라 이름하며, 또는 여래결정경계(如來決定境界)라 이름하며, 또한 여래장자성차별(如來藏自性差別)이라 이름하나니, 네 마땅히 받들어 가질지니라."

時에 賢善首菩薩이 奉敎歡喜하사와 及諸大衆과로 黙然而聽하사옵더니, 善男子야, 是經이 百千萬億恒河沙諸佛의 所說이요, 三世如來之所守護며 十方菩薩之所歸依요, 十二部經의 淸淨眼目이니, 是經이 名大方廣圓覺多羅尼며, 亦名修多羅了義며, 亦名秘密王三昧며, 亦名如來決定境界며, 亦名如來藏自性差別이니, 汝當奉持하라.

이 절은 〈물음 1〉의 답이니, 이 경은 '모든 부처님이 말씀한 바요' 12부경전(部經典)의 안목(眼目)이라 하고, 경의 다섯 가지 이름을 밝혔으니, 곧 대방광원각대다라니·수다라요의 · 비밀왕삼매 · 여래결정경계 · 여래장자성차별이라, 이경의 요지가 이런 이름들에 갈무린 뜻을 제시하여 본 경의 결론을 함축 암시하고, '받들어 가질지니라' 하여 유실되지 않도록 하라는 그 첫 번째로 유통을 위촉하는 것입니다 (第一流通위촉).

[12부경(部經)]은 부처님의 일대 교설(敎說)을 그 경문의 성질과 형식으로 구분하여 12부로 나눈 것입니다.

[원각경 오명칭(五名稱)](1)'대방광원각대다라니'는 크고 넓고 원만한 깨달음의 큰 다라니(陀羅尼 · 總持)라는 것이니, 곧 큰 주문이라는 뜻입니다. (2)'수다라요의(修多羅了義)'는 깨달음의 이치와 기밀의 의(義)를 다하여 마친 글이라는 뜻입니다. (3)'비밀왕삼매(秘密王三昧)'는 이 경에서 설한 행법(行法)은 깊고 오묘하여 만행을 통섭(統攝)하므로 비밀왕이라 하고, 삼매를 닦는 행법에 의해 붙여진 이름의 뜻입니다. (4)'여래결정경계(如來決定境界)'는 이 경의 이치대로 수행하면 여래 경계에 결정적으로 분명히 들어갈 수 있는 진리의 경이라는 뜻입니다. (5)'여래장자성차별(如來藏自性差別)'은 여래장의 진리성품 이치를 잘 나누어 밝힌 경이라는 뜻이니, 여래장이라 하는 것은 여래(如來)의 태(胎)라는 뜻입니다. 태아가 성장하여 부처님이 될만한 태아도, 그 태(胎)에 부처님이 머무른 것이라고도 할 수 있으나, 어느 쪽이든 간단히 마음으로써가 아니라 중생을 그 존재 가능성 전체에서 파악한 표현입니다.

⑤ "착한 남자야! 이 경은 오직 여래의 경계를 나타냄이며, 오직 부처이신 여래만이 능히 다 베풀어 설하시니라. 만일 모든 보살과 말세 중생이 이에 의지하여 수행하면 점차 더 나아가서 부처님의 경지에 이르리라."

善男子야, 是經이 唯顯如來境界라, 唯佛如來能盡宣說이니라. 若諸菩薩과 及末世衆生이 依此修行하면 漸次增進하야 至於佛地하리라.

이 절은 〈물음 2〉의 답을 시작하는 것이니, '이 경이 오직 여래 경계라' 여래만이 베풀어 설할 수 있는 것이니, 이 경을 의지하여 닦으면 '부처님의 경지에 이르리라'(공덕이 크다)는 것입니다.

⑥ "착한 남자야! 이 경 이름이 돈교(頓敎) 대승이라 하니, 닦아 아는 돈기(頓機) 중생이 이것으로 좇아 깨치어서 또한 점차로 닦는 일체 수행 무리들을 거둠이, 비유하건대 큰 바다가 적게 흐르는 개울물도 사양하지 아니함과 같으며, 내지 모기와 등에(蚊蝱・二乘을 비유) 및 아수라(阿修羅・菩薩을 비유)가 그 물을 마시는 자 모두 충만함을 얻을 것이니라."

善男子야, 是經이 名爲頓敎大乘이라 하니, 鈍機衆生이 從此開悟하야 亦攝漸修一切群品이 譬如大海가 不讓小流며, 乃至蚊蝱과 及阿修羅가 飲其水者皆得充滿하리라.

이 절은 '이 경이 돈교(頓敎) 대승경이라' 모든 중생이 이로 인하여 깨칠 것이며, 이 경은 마치 바다와 같아 '모기와 등에(蚊虻·二乘을 비유) 및 아수라(阿修羅·菩薩을 비유)가 그 물을 마시면' 충만(充滿)함을 얻는다고 한 것입니다.

[돈교(頓敎)]는 점차로 닦는 법으로 점교(漸敎)의 반대이니, 곧 한꺼번에 몰록 닦아 깨달음에 도달하는 가르침을 돈교라 합니다.

⑦ "착한 남자야! 가령 어떤 사람이 있어 순전한 칠보로써 삼천 대천 세계에 가득 쌓아 보시하더라도 어떠한 사람이 이 경 이름과 한 글귀의 뜻을 들음만 같지 못하느니라. 착한 남자야! 가령 어떤 사람이 있어 백 항하사 수만큼의 중생을 가르쳐서 아라한과를 얻게 하였더라도 어떤 사람이 이 경을 베풀어서 반 게송을 분별하는 것만 같지 못하느니라."

善男子야, 假使有人이 純以七寶로 積滿三千大天世界하야 以用布施라도 不如有人이 聞此經名과 及一句義니라. 善男子야, 假使有人이 敎百恒河沙衆生하야 得阿羅漢果라도 不如有人이 宣說此經하야 分別半偈니라.

이 절은 '칠보를 삼천대천세계에 가득 쌓아 보시하더라도 이 경의 한 글귀의 법을 들음만 못하고', 교화를 하여 많은 아라한과를 얻게 하였더라도 이 경의 '반 게송을 분별하는 것(공덕)만 못하다'는 것입니다.

⑧ "착한 남자야! 만약 다시 사람이 있어 이 경의 이름을 듣고 믿는 마음에 의혹하지 않으면, 마땅히 알라! 이 사람이 한 부처님 두 부처님에게 모든 복과 지혜를 심었을 뿐 아니라, 이와 같이 내지는 항하사를 다하도록 일체 부처님께 심은 바 모든 착한 뿌리로 이 경의 가르침을 듣게 됨이니라."

善男子야, 若復有人이 聞此經名하고 信心不惑하면 當知是人이 非於一佛二佛에 種諸福慧와 如是乃至盡恒河沙一切佛에 所種諸善根으로 聞此經教니라.

이 절은, 이 경을 듣고 의혹하지 않으면 전생에 많이 닦아 복과 지혜를 심은 자라, 그 '착한 뿌리(공덕)로 이 경의 가르침을 듣게 됨이니라' 한 것이고, 〈물음 2〉의 답이 끝나는 곳이니 이 경의 공덕이 이와 같이 큰 것이라, 받들어 이 경을 유포하라는 제시가 있는 것입니다.(第二流通위촉)

⑨ "착한 남자야! 마땅히 말세에 이 수행하는 자를 두호하여 악마와 모든 외도로 하여금 그 몸과 마음을 고달프게 함으로 하여금 퇴굴(退屈)할 마음을 냄이 없게 하여라."

汝 善男子야, 當護末世是修行者하야 無令惡魔와 及諸外道가 惱其身心케 하야 令生退屈케 하라.

이 절은, 이 경을 가지고 '수행하는 자를 두호하여' 악마와 외도의 유혹 등에 '몸과 마음을 고달프게 함으로 하여금 퇴

굴할 마음을 냄이 없게 하여라' 한 것이니, 〈물음 3〉의 답을 시작하는 것입니다.

⑩ 그 때의 모임 가운데에 화수금강(火首金剛)과 최쇄(摧碎)금강과 니남파(尼藍婆)금강 등 팔만 금강이 있어 그 권속으로 아울러 곧 자리에서 일어나 부처님 발에 절하고 오른 편으로 세 번 돌고 부처님께 사뢰오되, "세존이시여! 만약 뒤의 말세에 일체 중생이 결정대승경(決定大乘經・圓覺經)을 가지고 있는 사람이 있으면 저희가 마땅히 수호하기를 눈을 수호함 같이 하며, 내지는 수행하는바 처소인 도량도 저희들 금강이 스스로 권속(徒衆)들을 거느리고 새벽과 저녁으로 수호하여 퇴전(退轉)하지 않게 하며, 그 집 내지는 영원토록 재앙과 장애가 없게 하며, 역병(돌림병)이 소멸하고 재물과 보배를 풍족하게 하여 항상 모자라지 않게 하겠나이다."

爾時會中에 有火首金剛과 摧碎金剛과 尼藍婆金剛 等 八萬金剛이 並其眷屬으로 卽從座起하야 頂禮佛足하고 右繞三匝하고 而白佛言하되, 世尊이시여, 若後末世一切衆生이 有能持此決定大乘이면 我當守護를 如護眼目하며, 乃至道場所修行處도 我等金剛이 自領徒衆하고 晨夕守護하야 令不退轉케 하며, 其家가 乃至永無災障하고, 疫病이 銷滅하고 財寶가 豐足하야 常不乏少케 하리라.

이 절은, 화수금강 등이 일어나서 '결정대승경(원각경)을 가지고 있는 사람이 있으면' 잘 수호하여 수행에 퇴전이 없게 하고, 그 집에 재앙도 없게 하며, '재물과 보배를 풍족하게 하여 모자람이 없게 한다'는 것입니다. '화수금강'은 머리에 불꽃이 있는 호법신이고, 위의 '최쇄금강'은 가늘고 작게 잘 부수는 호법신이고, '니남바금강'은 청금강(靑金剛) 큰 힘신이니, 이 금강신들은 정법을 수호하는 신들입니다.

⑪ 그 때에 대범왕천(大梵王天)이 이십팔 천왕과 수미산왕과 아울러 호국천왕 등이 곧 자리에서 일어나 부처님 발에 절하고 오른편으로 세 번 돌고 부처님께 사뢰오되, "세존이시여! 저희가 또한 이 경을 가진 사람들을 수호하여 항상 편안하게 하여서 마음이 물러서지 않도록 하겠습니다."

爾時에 大梵王이 二十八天王과 並須彌山王과 護國天王等이 卽從座起하야 頂禮佛足하고, 右繞三匝 而白佛言하사오되, 世尊이시여, 我亦守護是持經者하되, 常令安隱하야 心不退轉케 하리다.

이 절은, 대범왕천(大梵王天)이 28천왕 등과 일어나서 '이경을 가진 사람들을 수호하되' 항상 편안케 하고 수행하는 '마음이 물러서지 않도록 하겠습니다' 한 것입니다. '대범왕천'은 3계(界)중 초선천(初禪天)의 왕으로 사바세계의 우두머리니, 부처님이 세상에 오실 때마다 백불(白拂)을 가지고 제석천과 함께 부처님의 좌우에서 모시는 천왕입니다.

⑫ 그 때에 대력귀왕(大力鬼王)이 있어 이름이 길반다(吉槃茶)라, 십만 귀왕으로 더불어 곧 자리에서 일어나서 부처님 발에 절하고 오른 편으로 세 번 돌고 부처님께 사뢰오되, "세존이시여! 저희들이 또한 이 경을 가진 사람을 수호하여 아침 저녁으로 시위(侍衛)하여 물러서지 않게 하며, 그 사람이 사는 바 한 유순 안에 만약 귀신이 있어 그 경계를 침범하면 저희가 마땅히 그로 하여금 부수기를 먼지 가루와 같이 하겠나이다."

爾時에 有大力鬼王이 名吉槃茶라, 與十萬鬼王으로 即從座起하야 頂禮佛足하고 右繞三匝 而白佛言하되, 世尊이시여, 我亦守護是持經人하야 朝夕侍衛하야 令不退屈케 하며, 其人所居一由旬內에 若有鬼神이 侵其境界어든 我當使其碎如微塵하리다.

이 절은, 대력귀왕(大力鬼王)이 10만 귀왕과 더불어 일어나서 '이 경을 가진 사람을 수호하여' 물러섬이 없게 하며, 그 집 근처에 잡귀가 침범하면 부수기를 먼지 가루와 같이 하겠다고 한 것입니다. 〈물음 3〉의 답이 끝나는 곳이니, 여기까지는 세 번째로 유통을 위촉한 것입니다(第三流通위촉). 위의 '길반다(吉槃茶)'는 구반다(鳩槃茶)라고도 하고, 8부신의 한 신장으로 바람처럼 빠른 신입니다. '한 유순(由旬)'은 40리이므로 4방으로 40리 안에는 악귀가 못 들어오게 수호한다는 뜻입니다.

⑬ 부처님께서 이 경에 대해 말씀하시기를 마치시자 일체 보살과 천룡(天龍)과 귀신과 팔부 권속과 및 모든 천왕과 범왕(梵王) 등 일체 대중이 부처님께서 말씀하시는 바를 듣고 다 크게 기뻐하며 믿고 받들어 행하니라.

佛說此經已하시니 一切菩薩과 天龍鬼神과 八部眷屬과 及諸大王梵王等一切大衆이 聞不所說하고 皆大歡喜하야 信受奉行하니라.

이 절은 이 장을 맺는 말이며, 이 경을 맺는 결론 및 유통을 위촉함입니다. 곧 제1유통위촉에서 다섯 가지 경명(經名)으로 결론을 함축제시하고 제2, 제3유통 '부처님이 이 경을 말씀하시기를 마치시니' 일체 보살과 천·용·귀신과 천왕 등이 '다 크게 기뻐하며 믿고 받들어 행하니라' 하였으니, 3유통(流通)의 위촉까지 모두 끝나는 결사입니다.

※이 장은 세 가지로 유통을 위촉하는 3유통(流通)입니다. 〈물음 1〉 이 대승경전의 이름을 물은 것에 대해서는 다섯 가지의 제호(題號)를 보이고, '어떻게 받들어 가집니까'라는 물음에 대한 답으로는 부처님 12부경전의 안목(眼目)과 같은 것이라 하고 그 내용의 요지는 5 제호(題號)와 같음을 제시하고, '이와 같이 소중한 경전이니 유실함이 없이 잘 가지고 수행하라'고 당부하고, 〈물음 2〉 '어떤 공덕을 얻는 것입니까'라는 물음의 답으로는 이 경전의 방편대로 '닦으면 부처님 경지에 이르는 공덕이 있다' 하고, 〈물음 3〉 '어떻게

경을 가진 자를 두호합니까'에 대한 답으로는 정법(正法)을
두호(斗護)하는 모든 천왕 및 신장들이 두호함이 있음을 보
이신 것 등입니다.

끝으로 특히 이 원각경을 풀이함에 있어 신소천(申韶天) 스
님의 『원각경 강의』와 김월운(金月雲) 법사님의 『원각경 주
해(註解)』에 도움을 받았음을 밝히고, 아울러 두 분께 깊은
사의를 표하는 바입니다.

너, 몇 만 번을 피고 묻힌 뜻으로 벙그렸으랴
종소리로도 멍들어 우툴두툴 헐린 돌 蓮臺여.

〈「연화대」·운장〉

원각경 과목 요지(要旨)

제 ─ 「대방광원각수다라요의경」─ 크고 방정하고 넓고 둥근 깨달음의 이치와 기밀을 다하여 마친 글

제목(題目)	본문(本文) / 서분(序分) · 정종분(正宗分)	장(章)	내용
원각경 <圓覺經>	서분(序分)	서분보상장 (序分普賞章)	〔삼법인(三法印)〕 이 장은 법을 믿고 인증하게 하는 서분(證信序分)임. 통서(通序)와 별서(別序)로 말씀한 것이니, 곧 바가바부처님께서 삼매에서 삼매로 나투시고, 받을 용심(受用身) 법으로 말하여, 6상취(六相就)로 성취를 보이고, 6상취(成就)로 돈 아닌 정체를 보이고, 법을 믿고 인증케 하는 서분입니다.
	정종분(正宗分)	문수보상장 (文殊普賞章)	① 무상인 (無常印) 이 장은 천진을 통달하라(達天眞) 한 것임. 곧 원각성에서 진여와 보리와 열반과 밀바라밀 따라서(波羅蜜)을 유출(流出)한다 하고, '깨달아서(通達하여서) 무명(無明)을 일어 마치면 윤회가 없다'하고, 허공성(虛空性)·무지견(無知見)·무식음(無識陰)·부동(不動)·무수음(無受陰)·무기멸(無起滅)·무기멸(無起滅) 등이 상품이 원만한 것이니, 보심은 이런 천진을 통달하여 깨끗한 마음을 내다 한 것임. 모두는 지덕(智德)과 체덕(體德)과 무상기의 상수(上首)보심인기 진연기(眞緣起) 무상인(無常印)입니다.
		보현보상장 (普賢普賞章)	이 장은 연기를 논한 것(論緣起)이며, 곧 환은 원각심에서 나고, 환으로써 환을 닦는 것이며, 무도 마음도 환이고, 환을 여의는 조자(照者)도 환이요, 환을 멸하면 각심(覺心)은 부동(不動)이라 하여 망연기(妄緣起)를 논한 것. 보현은 이덕(理德)과 행덕(行德)의 상수(上首). 보연은 망연기 무상입니다.
		보안보상장 (普眼普賞章)	② 무아 이 장은 관행을 묻는 것(問觀行)이니, 곧 사마타·삼마발제·선나관 및 가·공·중관 (假·空·中觀)의 체공과 점차(漸次) 등을 보인 것이고, 보안은 널리 일체법을 잘 보는 법안(法眼)의 상수(上首)입니다.

인 (無我印)

③ 열반

章	내용
금강장장 金剛藏章	이 장은, 세 가지 의혹을 변론한 것(緣三惑)임. 곧 ①은 본래 부처인데 환의 가리움(눈병 등)으로 헛꽃을 보게 된다. ②는 눈병만 나으면 보래 진공(真空) 그대로다. ③은 눈병이 나으면 다시 눈병이 없다. 하여 눈병(翳)과 눈병을 비유로 '금강'을 비유로 '금강'을 들어 번뇌 의혹(疑惑)을 잘 끊는데 상수(上首)보살입니다.
미륵장 彌勒章	이 장은 윤회를 끊어라(輪廻) 한 것이니, 곧 남(生)의 원인은 음욕(淫欲) 사랑이요, 윤회 함은 예욕(愛欲)이 근본이 되는 것이며, 탐욕이 사랑 성품을 도와 윤회 하고, 사장(事障) 과 이장(理障)을 여의어 애견(愛見) 윤회가 없다 한 것임. 미륵은 윤회 중생을 구세(救世)는 제도에 보임이며, 다음 중중함을 미륵부처님이라 함니다.
청정혜장 淸淨慧章	이 장은 증득하는 위를 나눈 것(分證位)이니, 곧 중생의 각(覺)이 장애가 되고, 2승의 각(覺)도 그 각이 모든 장애가 되고, 보살 중득의 적멸(寂滅)·空性)도 장애가 되고, 부처는 적멸(寂滅)·真空)이라야 한 것이다. 청정혜는 혜(慧)의 성이 적멸 원각(圓覺)이라야 본원이 청정해는 깨끗한 혜(慧)의 상수(上首)보살입니다.
위덕자재장 威德自在章	이 장은 3정관을 일으켜 보인 것(起三淨觀)이니, 성품을 따라 나는 것이라 하고, 조수(初首) 지(止)으로 사마타를 수행하면, 적정경안(寂靜輕安)을 발하여 청정한 성품이 드러나고, 조수 여상(憶想)으로 삼마발제를 수행하면, 신훈(新薰) 경안(輕安)을 발하여 원명(圓明)해 지는 것이라 하고, 조수 적정안(寂靜輕安)을 발하여 번뇌와 열반이 걸림이 없다 한 것이요, 위덕자재는 자성의 위덕(威德)을 자재하게 쓸 일으켜 잘 원인이 되느니 닦는데 상수(上首)보살입니다.

214

장(章)	내용
변음장 辨音章	이 장은 출으로 겁으로 닦는 25륜관(輪觀)이니, 곧 3정관을 단수(單修)로 닦는 25종과 복수(複修)로 닦는 25종의 관이니, 단수 3, 복수 21, 인수3관 1, 도합 25종이요, 모두 원각(圓覺)에 수순하는 관임. 변음(辨音)은 법음(法音)을 잘 분별하는데 상수(上首)가 되는 보살입니다.
정제업장마장 淨諸業障魔章	이 장은 4상을 제거하라는 것(除四相)이니, 곧 아상(我相)·전오식(前五識)·인상(人相)·육식(六識)·중생상(衆生相)·수명상(壽命相)·인식(人識)을 제거하라는 것(四相除去)임. 정제업장은 모든 업장을 깨끗이 잘 닦는데 상수(上首)가 되는 보살입니다.
보각장 普覺章	이 장은 4병을 여의라는 것(離四病)이니, 곧 작병(作病)·지병(止病)·임병(任病)·멸병(滅病) 등 4병을 여의어 정관(正觀)을 얻는 것이다 곧 대열반적정(大涅槃寂靜)이라 한 뜻임. 보각은 넓게 평등하게 여의어 원만한 깨달음을 수증하는데 상수(上首)가 되는 보살입니다.
원각장 圓覺章	이 장은 3기참회를 하라는 것(三期懺)이니, 곧 보살 등은 본 경이 말하는 본 증득함이 보광함이 보통이나, 하근(下根) 중생 등을 들어 정진하면, 부처님이 현세에 나타나시라 하여 모두 깨달음을 원만하게 하도록 함에 함께 보임이 상수가 되는 보살입니다.
원현선수장 圓賢善首章	이 장은 '이 경이 여래의 경계를 나타냄이라' 하고, 본 경을 세 가지로 유통(三流通)을 위촉함이니, ①은 경이 소중한 의(義)요, ②는 경이 공덕성이요, ③은 이 경을 가진 사람을 보호하고 유포하라는 위촉의 것임. 현선수는 어질고 착한 행이 본인이 되는 상수(上首)가 되는 보살임. 그리므로, 본 장은 결문이요. 유통분입니다.

유통분 流通分

불경바로보기요전　　　圓覺經 註解

바른 한글 원각경

발 행	1쇄 불기 2545 · 단기 4334
	서기 2001년 8월 17일
	2쇄 서기 2005년 1월 28일
	수정증보판 1쇄 서기 2018년 6월 04일

편 저 / 金大炫
발행인 / 李憲錫
발행인 / 오늘의문학사
34623 대전광역시 동구 대전로867번길 52
　　　한밭오피스텔 401호
Tel(042)624-2980 Fax (042)628-2983
전자우편 / hs2980@hanmail.net
카　　페 / cafe.daum.net/gljang(문학사랑 글짱들)
　　　cafe.daum.net/art-i-ma(아트매거진)
등록 / 제55호(1993년 6월 23일)
ISBN 978-89-5669-922-6

* 이 도서의 국립중앙도서관 출판예정도서목록(CIP)은
  서지정보유통지원시스템 홈페이지(http://seoji.nl.go.kr)와
  국가자료공동목록시스템(http://www.nl.go.kr/kolisnet)에서
  이용하실 수 있습니다. (CIP제어번호 : CIP2018017332)
* 이 책은 교보문고에서 E-Book(전자책)으로 제작 · 판매합니다.
* 잘못 제작된 책은 바꾸어 드립니다.

값 15,000원